Raffaela Kraus
THE SOCIAL EXPERIMENT
Wie viele Likes ist dein Leben wert?

Bibliografische Information der Deutschen Nationalbibliothek:
Die Deutsche Nationalbibliothek verzeichnet diese Publikation in der
Deutschen Nationalbibliografie; detaillierte bibliografische Daten sind
im Internet über dnb.dnb.de abrufbar.

© 2022 Raffaela Kraus
Basierend auf dem gleichnamigen Drehbuch
von Raffaela Kraus und Pascal Schröder

Herstellung und Verlag: BoD – Books on Demand, Norderstedt

Redaktion: Patrizia Spanke & Emily Bähr
Umschlaggestaltung: Emily Bähr (www.emilybaehr.de)
nach dem Filmplakat von Fabian Spahl
Satz: Emily Bähr

ISBN: 978-3756824205

Content Note:
Dieses Buch thematisiert Inhalte, die für einige Lesende
triggernd sein können. Diese sind:
Gewalt, Folter, Mobbing, Suizidversuch, Blut

RAFFAELA KRAUS

WIE VIELE LIKES IST EIN LEBEN WERT?

Für alle, die es wagen, zu leben und zu träumen.

UNSER GANZES LEBEN BESTEHT
AUS ENTSCHEIDUNGEN.

JEDE EINZELNE LENKT ES
IN ANDERE BAHNEN.

DIE RICHTIGE ENTSCHEIDUNG ZU TREFFEN,
KANN DAS SCHWIERIGSTE
ÜBERHAUPT SEIN.

PROLOG

Mit nur zehn Likes kann eine künstliche Intelligenz dich besser einschätzen als dein Klassenkamerad oder dein Chef.
 Denn der Content, den du likest, verrät ihr mehr über dich und deine Person, als dir lieb ist.

Jeden Tag posten Millionen User weltweit ihr Mittagessen, verarbeiten ihre Trennung oder stalken heimlich ihren Schwarm. Allein mit diesen Daten können KIs nicht nur deine Gefühlslage oder deinen genauen Standort ermitteln, sondern auch vorhersagen, was du als nächstes tun, wem du folgen oder was du liken wirst.

Die Algorithmen von Plattformen wie TikTok, Instagram, YouTube und Snapchat sind so programmiert, dass sie deine Likes, deine Watchtime und deine Interaktionen mit Profilen, Bildern oder Videos analysieren, bewerten und somit ermitteln, welchen Content sie dir als Nächstes präsentieren.
 Ihr einziges Ziel: Deine Watchtime verlängern und dich so immer tiefer in die Social-Media-Welt hineinzuziehen.

Pass auf, was du postest, wem du vertraust und wie viel du aktiv über dich, dein Leben und deine Freunde preisgibst.

Denn du weißt nie, wer noch alles zusieht, um dich vielleicht in eine Falle zu locken …

BIST DU BEREIT?

KAPITEL 1

»Yo Leute, was geht? Ich bin's wieder, euer Ad_Official, ihr wisst Bescheid. Seid ihr gut drauf? Hoff ich doch. Nice, nice. Ja, Leute, was soll ich sagen? Es ist so weit, heute Nachmittag ziehen wir los. Die *Big 5*, ihr wisst Bescheid, ne? Äh, ja, wo war ich, genau, Escape-Room. Hafen City. Ach, Mann!«

Adrian brach die Aufnahme ab. So würde das nicht funktionieren. Das Video sollte perfekt werden, und dafür musste er lockerer sein, entspannter, nicht so verkrampft. Frustriert wuschelte er sich durch die braunen Locken und räusperte sich. Jetzt aber. Erneut hob er das Handy vor sein Gesicht und drückte den roten Aufnahme-Button.

»Yo Leute, was geht? Schön, schön, wollte nur sagen: Heute Nachmittag geht's endlich los. Wir ziehen los zum Escape-Room. Freu mich übertrieben, mal wieder was mit der Gang zu machen. Den Big 5. Lasst mal ein Follow da, falls ihr es noch nicht gemacht habt, und ... äh. Verdammt!«

Adrian stoppte erneut. Das konnte nicht wahr sein. Normalerweise schaffte er es doch auch. Was war heute nur mit ihm los? Eine stinknormale Story, das war für ihn das Einfachste der Welt. Vielleicht brauchte er eine kleine Pause, um sich zu sammeln? Ohne den Blick von seinem Handy abzuwenden, ging Adrian durch die Altbauwohnung in die Küche direkt auf den Edelstahl-Kühlschrank zu und öffnete ihn. *Nice.* Seine Mutter war offensichtlich einkaufen gewesen. Schnell schnappte er sich eins der Sandwiches, die sie jeden Tag frisch für ihn zubereitete – Vollkorntoast mit Bruschetta-Creme, Mozzarella und Rucola, *mega nice!* – und biss herzhaft hinein. Dabei starrte er weiter auf den Bildschirm seines *iPhones*. Dort tanzte ein junges Mädchen auf Rollschuhen, cruiste mit gekonnten Moves über den Sunset-Boulevard in Los Angeles. Der Clip hatte über zwei Millionen Aufrufe. Adrian nickte anerkennend.

LA. Das wäre es. Der Olymp für jeden Influencer. Und nicht nur das: Auch sein größtes Idol war dort auf dem berühmten *Walk of Fame* verewigt. Wie viele Likes würde ein Video mit dem Stern von Michael Jackson wohl bekommen? Wenn Adrian dann noch die legendären Moves des King of Pop auspacken würde, wären ihm eine Million Aufrufe easy sicher.

Dass dieser Traum wahr werden könnte, wusste Adrian. Vielleicht schaffte er es, seine Mum zu überreden, den Familienurlaub dieses Jahr nach LA zu verlegen. Er könnte auch einen Teil, zum Beispiel das *Airbnb* oder den Mietwagen, selbst bezahlen. Dazu musste er sich nur ein bisschen mehr anstrengen und seine Videos viral gehen ... Wenn das nur so einfach wäre ...

Adrian schlurfte durch den Flur zurück in sein Zimmer. Dort pfefferte er sein Handy auf den riesigen Stapel Klamotten, der sich am Fußende seines Bettes bereits türmte, und ließ sich auf die Matratze fallen. *Wird Zeit, dass Mum mal wieder Wäsche macht*, dachte er. Ob er ihr den vollen Korb zumindest bis vor die Waschmaschine tragen sollte? Oder wenigstens mal die Dreckwäsche zusammensuchen? Ungerührt zuckte er mit den Schultern und sank zurück in die Kissen.

Grübelnd starrte er an die Dachschräge. Sie war über und über mit Fotos bedeckt. Auf einem davon waren er und Nancy zu sehen, bei deren Anblick Adrian seufzte. Er erinnerte sich genau an diesen einen Tag.

Es war letztes Jahr im Sommer gewesen.

Das Schuljahr war vorbei, und das Wetter zeigte sich von seiner schönsten Seite. Seine Mutter richtete zusammen mit ihren Freundinnen das traditionelle Sommerfest aus. Dazu war der Garten mit gelben und roten Lampions geschmückt, und es duftete herrlich nach Grillgemüse und Baguette. Alle waren gekommen. Der Vater seines besten Freundes Neil war auf seiner Station hinter dem alten Holzkohlegrill. Seine Mutter saß lachend mit einem Glas Rotwein in der Hand am großen Holztisch, und Dustin und Luke standen kichernd am Gartentor. Neil und er hatten es sich mit den alten Sitzsäcken auf der Veranda gemütlich gemacht und beobachteten ihre beiden Freunde dabei, wie sie hektisch versuchten, das grüne Tor wieder einzuhängen, bevor Adrians Mutter mitbekam, dass sie es versehentlich geschrottet hatten. Während er den beiden schmunzelnd zusah, redete er mit Neil über das vergangene Schuljahr und ihre Pläne für die Sommerferien.

Aus dem Augenwinkel beobachtete er, wie sich Luke und Dustin vom Gartentor entfernten und auf ein Mädchen zuliefen, um es zu begrüßen. Danach kamen sie lachend zu ihm und Neil hinübergeschlendert. Dustin stellte die Neue als Nancy vor und erklärte, dass sie vor Kurzem bei ihm in der Nachbarschaft eingezogen war und nach den Ferien in ihre Klasse kommen würde.

Schüchtern winkte das Mädchen mit den großen braunen Augen in die Runde. Adrian stand auf und hob lässig die Hand, wobei er sich keine Sekunde von ihrem Anblick lösen konnte. Doch da unterbrach seine Mutter die Situation und bestand darauf, ein Gruppenfoto zu machen. Schnell legte er seinen Arm um die Schultern des Mädchens, und seine Freunde versammelten sich ebenfalls um sie.
»Cheese!«, rief seine Mutter.
Und als Adrian lächelnd zur Seite schaute, realisierte er, dass auch Nancy strahlte.

So hatte er sie kennengelernt. Sie war schnell in seinem Freundeskreis angekommen und bei allen beliebt. Nach und nach hatten Adrian und sie immer mehr Zeit zu zweit verbracht und sich ineinander verliebt. Er war glücklich gewesen. Aber jetzt fühlte es sich irgendwie anders an …

Adrian stieß erneut einen lauten Seufzer aus und setzte sich auf. Er löste das Bild von ihm und seinen Freunden beim Sommerfest von der Decke und griff nach seinem Tagebuch. Keiner wusste von dessen Existenz. Er hatte niemandem davon erzählt – nicht einmal Nancy oder Neil. Als Mann über seine Gefühle und Gedanken zu schreiben, war uncool und schwach. Zumindest redete er sich das ein, denn Adrian hatte viel für seinen Ruf getan. In der Schule war er beliebt, die Mädels standen auf ihn, und jeder wollte mit ihm befreundet sein. Spätestens seit er die 50K auf Instagram geknackt hatte und mit Werbeanfragen überschüttet worden war, galt er als neuer It-Boy Hamburgs. Überall, wo er auftauchte, wurde er erkannt und hin und wieder auf der Straße nach einem Selfie oder Autogramm gefragt. Letztens erst, im Drogeriemarkt um die Ecke, hatte die Kassiererin ihn gebeten, ein paar Zeilen für ihren Sohn aufzuschreiben. Aber obwohl Adrian die Aufmerksamkeit und die Anerkennung seiner Follower liebte, gab es Momente, in denen er allein sein wollte. Ihm fehlte es, einfach nur Adrian Seiffert zu sein.

Bei einem seiner Drehs für einen bekannten Social-Media-Star hatte er beobachten können, dass dieser ständig ein kleines Notizbuch bei sich trug. Adrian fand das genial und hatte sich deshalb ebenfalls eins besorgt. So konnte er immer, wenn er einen Geistesblitz hatte, alles sofort aufschreiben und vergaß nichts mehr. Jede noch so winzige Idee hielt er fest und arbeitete sie abends aus. Vor einer Weile war Adrians Notizbuch auch zu seinem Tagebuch geworden, das er nun aufschlug, um darin zu schreiben.

28. September 2021

Hab heute das neue Video von Majaofficial gesehen. Krasse Moves und Hammer-Location in der Videospielhalle, muss ich echt zugeben – wobei ich sagen muss, dass ihr Style meinem schon sehr ähnelt ... auch ihre Songs. Hab so'n bisschen das Gefühl, sie kopiert mich. Was mich richtig nervt: Jedes Video, das sie postet, löst sofort einen neuen Hype aus. Wieso? Ihre Followerzahlen steigen die ganze Zeit. Wie schafft sie das? Ich mach doch selbst nichts anderes? Warum gehen meine Zahlen nicht so krass hoch?

Ey, heute fiel es mir schon schwer, nur mal 'ne normale Story aufzunehmen. Was ist bloß los mit mir? Keine Ahnung, was ich ihnen noch bieten soll. Früher war alles irgendwie ein bisschen entspannter, und ich hatte nicht so einen Druck, ständig neue Videos rauszubringen. Da konnte ich einfach posten, was ich cool fand. Jetzt sieht mein Feed chaotisch aus, und ich komm gar nicht mehr drauf klar. Vielleicht ist es an der Zeit, mal Ordnung zu schaffen. Maja macht das echt schlau, ihr Feed ist brutal gut. Jedes Video passt perfekt zu ihrem Style und ihrem Charakter, die Outfits, die Backgroundtänzer – selbst das Farbkonzept und die Choreos. Alles harmoniert voll gut bei ihr und hat einen Fokus. Sie ist einfach ein Profi.

Adrian legte den Stift beiseite. War das vielleicht die Lösung? War Majas Strategie die richtige?

Adrian rutschte ans Ende des Betts und wühlte im Klamottenberg nach seinem Handy. Wo hatte er es bloß hingeschmissen?

Ah. Gefunden.

Er zog das Smartphone unter der *Levi's*-Jeans, die seine Mutter schon letzte Woche hatte waschen wollen, hervor und warf sich zurück in die Kissen. In der *Yuma*-App suchte er nach *Majaofficial*. Sie würde bald die 900.000 Follower erreichen. Anerkennend nickte er. Danach swipte er durch seinen eigenen Feed.

Eigentlich sah alles ganz okay aus. Seine kleine Serie *Dancin' Around The City* kam richtig gut an. Das Video mit den meisten Klicks, knapp 200K, war das mit den Moves vor den Hamburger Wahrzeichen. An jeder Location hatte er die gleiche Choreo getanzt und am Schluss alles zusammengeschnitten. So wechselten die Hintergründe vom Rathaus zur Elphi und *zack*, zu den Landungsbrücken. Penibel genau hatte er darauf geachtet, dass die Kameraeinstellungen jedes Mal gleich waren, und auch der Aufnahmewinkel hatte immer stimmen müssen. Das Ergebnis war brutal geworden.

Die nächsten Clips in seinem Feed waren von ihm

und Neil, wie sie gemeinsam jammten oder bei Dustin zu Hause chillten und herumalberten. Adrian musste schmunzeln. Bei dem Video von Nancy und ihm, das sie an ihrem Jahrestag auf dem Hamburger Dom aufgenommen hatten, stoppte er.

Sie waren autoscootern gewesen, und Nancy hatte das rote Lebkuchenherz mit dem *I Love You*-Schriftzug getragen, das er ihr nur wenige Minuten zuvor gekauft und um den Hals gehängt hatte. Er sah sich und Nancy dabei zu, wie sie lauthals lachten, wobei Nancy über das ganze Gesicht strahlte, bevor er sich einige Kommentare dazu durchlas. Durch die Bank weg fanden alle, dass sie ein – Zitat – »Ultra nices Couple« waren.

Wenn die nur wüssten, dachte Adrian.

In letzter Zeit war Nancy distanzierter als sonst. Sie war stiller geworden und interessierte sich nicht so für seine Karriere. Sie schrieb keine Kommentare mehr unter seine Videos und begleitete ihn fast nie zu Drehs. Wenn sie Zeit mit ihm verbringen wollte und er schon verplant war, zickte sie rum und machte eine Szene, auch gern mal in der Schule vor ihren Mitschülern. Dieses Verhalten passte ihm überhaupt nicht, denn er hasste es, wenn Privatangelegenheiten in der Öffentlichkeit ausgetragen wurden. Allgemein hatte sich Nancy in den letzten Monaten ziemlich verändert. Er vermisste das süße Mädchen, das ihm bei *Mr Baker's Coffee* den Kakao vor der Nase weggetrunken hatte. Und das ihn liebevoll ausgelacht hatte, als er das fünfte Mal auf der Regenbogenstrecke in *Mario Kart* über die Bananenschale von Donkey Kong gefahren war und wieder einmal gegen sie und Baby-Peach verloren hatte.

Während er darüber nachdachte, fiel sein Blick

auf die Like-Zahl des Videos: 3.856. Das war nichts. Schnell wischte er zurück zum Clip von Dustin und sich auf dem Fußballplatz. 2.834. Auch das Reel von ihm und Neil, in dem sie *Guitar Hero* spielten, hatte nur knapp 5.000 Likes bekommen. Wieso war ihm das nicht früher aufgefallen? Klarer konnten es ihm seine Follower nicht sagen, und Adrian wollte sie auf keinen Fall enttäuschen. Er machte sich Vorwürfe. Immer weiter swipte er durch seinen Feed und verglich die Likes der Videos von ihm und seinen Freunden mit denen der Tanzaufnahmen. Schnell begriff er, dass seine Fans eindeutig mehr von seinen Moves sehen wollten und nicht ihn und seine Gang bei *Five Guys*.

Adrian hielt kurz inne. Dann traf er eine Entscheidung. Im Video von Nancy und ihm klickte er auf das kleine graue Dreieck links oben im Bildschirm, woraufhin die Bearbeitungsfunktionen aufploppten. Darunter stand in roter Schrift *DELETE POST*. Noch einmal hielt Adrian inne. Dann tippte er auf den Button, und der Clip war gelöscht. Hastig scrollte er weiter zu den nächsten und entfernte diese ebenfalls.

Als er fertig war, ging er erneut durch sein Profil, das nun sauber und ordentlich war. Zufrieden seufzte er. *Schon besser.*

»Okay, Adrian, reiß dich zusammen, ist wichtig jetzt!«, motivierte er sich. Anschließend stand er auf und positionierte sich vor dem großen Spiegel. Fix die Haare gerichtet und tief durchgeatmet, dann startete er einen letzten Versuch, die Story aufzunehmen.

»Hey, Leute, was geht? Passt mal auf. Lange habt ihr drauf gewartet, jetzt ist es endlich so weit! Heute Nachmittag geht's in den Escape-Room, von dem ich euch schon so viel erzählt hab! Wird bestimmt nicht leicht, aber hey, ich nehm euch mit, und zusammen schaffen wir das! Seid ihr gespannt? Ich bin's auf jeden Fall! Bis später! ¬Ach so, und bevor ich's vergesse: Habt ihr das Video von gestern Abend schon gesehen? Wenn nicht, schnell rauf da!«

Yes! Ohne sich zu verhaspeln, ohne *Ähs* und *Ohs*, mit klaren Infos und dazu noch locker drauf gewesen. Genau so musste das laufen. Er war wieder im Game.

Adrian war stolz auf sich. Das Ausmisten der Clips hatte ihn motiviert. Ein weiteres Mal prüfte er zufrieden seinen ordentlichen Feed, in dem jetzt alles professionell und sauber aussah. Keine Ablenkungen mehr durch einen herumhampelnden Dustin, keine Pommes-Schlacht bei *Five Guys* und auch keine Nancy, die beim Skaten gelangweilt an der Halfpipe lehnte. Jedes Video sah perfekt aus. Eine Choreo nach der anderen und stets wechselnde Locations.

Nice.

KAPITEL 2

Durch seine *AirPods* dröhnte der Beat von Michael Jacksons *Billie Jean*. Adrian exte die Coke, die er sich aus dem Kühlschrank geholt hatte, drückte die Dose zusammen und warf sie in Richtung Mülleimer. Leider verfehlte sie knapp ihr Ziel. Sie prallte daran ab und kullerte unter den großen Esstisch in der Mitte des Raums. Adrian sah ihr nach. Dann zuckte er mit den Schultern. *Mum wird später eh aufräumen oder zum hundertsten Mal heute putzen.*

Oft verglich er sie in Gedanken mit dieser rothaarigen, überaus organisierten Frau aus der US-amerikanischen Hausfrauenserie, die sie so gern schaute. Es war bewundernswert, wie sie Arbeit, ihn, Haushalt und ihren healthy Lifestyle unter einen Hut bekam, das musste Adrian zugeben. Sie würde die Dose finden und ordnungsgemäß entsorgen. Und es würde ihr sogar Spaß machen. Wozu also die Anstrengung?

Noch ein letzter Blick in den Spiegel. Die gestylten Locken saßen. Perfekt. Ein kurzer Snap an seine Freunde. Selfie im Kasten, und los.

Im Gehen griff er sich seinen Rucksack und verließ die Altbauwohnung. Mit seinen *AirPods* in den Ohren lief er entspannt durch Winterhude. Der Stadtteil hatte so viel zu bieten, und Adrian war froh, hier leben zu können. Gerade kam er an *Juicy Juice* vorbei. Ob er noch Zeit für einen der berühmten Smoothies hatte? Schnell checkte er seine Smartwatch. Seine Bahn würde erst in acht Minuten kommen. Na dann.

Am Tresen standen superviele Menschen an. Ungeduldig wartete Adrian darauf, dass er an der Reihe war, und sah dabei immer wieder auf die Uhr. Dann endlich wandte sich der Verkäufer an ihn, und Adrian sprudelte direkt los: »Einmal den *Fruitrush* bitte. Zum Mitnehmen.«

»Kommt sofort!«

»Danke, Mann!«

Wenig später raste er mit dem Shake in der Hand zur Haltestelle, wo die U3 schon am Gleis stand. Gerade noch rechtzeitig zwängte er sich durch die sich bereits schließenden Türen. Das war knapp gewesen.

Adrian nippte genüsslich an seinem Shake und zückte sein Handy. »Leute, schaut mal, bin jetzt auf dem Weg in die City. Hab mir eben noch schnell 'nen Papaya-Mango-Shake geholt. Fast die Bahn verpasst, aber hey, muss sein! Beste, schwöre ich euch! Ist jetzt keine Werbung oder so. Aber geht da echt mal hin, wenn ihr in Hamburg seid! Ich verlink euch den Laden unten, swipt einfach up!«

Zufrieden checkte er seine Story, bevor er sie postete. »Und bäm!«

Seinen Shake schlürfend schaute er aus dem Fenster und auf die vorbeiziehende Landschaft. Von der Saarlandstraße bis zum Baumwall waren es einige Stationen. Es blieb ihm also genügend Zeit, sich noch einmal seinen Feed in Ruhe anzuschauen und sich auf die bevorstehende Performance vorzubereiten. Michael sang *Beat It*, und Adrian groovte mit. Im Kopf ging er die Tanzschritte der Choreo durch, die er gleich mit seinen Kumpels aufnehmen würde.

Als eine neue Mitteilung auf dem Display erschien,

wurde er aus seiner Gedankenwelt gerissen. Sie war von Nancy. Adrian verzog keine Miene. Bestimmt wollte sie eh nur von ihm wissen, wieso er all die Videos aus seinem Feed gelöscht hatte. Bevor er jedoch ihre *WhatsApp*-Nachricht lesen und sich Gedanken darüber machen konnte, erschien eine weitere Push-Benachrichtigung: *Dein letztes Video hat 16.000 neue Watcher erreicht!*

Yes! Die Insights von gestern Abend waren endlich da. Bei *Yuma* dauerte es immer, bis die Analysen fertig waren. Knapp zwölf Stunden musste er auf die Auswertungen vom Vortag warten.

Adrian konnte es nicht fassen und strahlte von einem Ohr zum anderen. Begeistert klickte er auf das Pop-up. Sein Postfach war voll, wie immer. User machten ihm Komplimente, fragten nach seiner Handynummer oder wollten sich mit ihm treffen. Ständig trudelten neue Likes ein. Adrian war mächtig stolz. Der Aufruf in seiner Story heute Morgen hatte wirklich etwas gebracht. Mit einem kurzen Tippen auf sein Handy ließ er Michael Jackson verstummen und sah sich sein letztes Video noch mal an. *Richtig nice.* Er hatte alles perfekt getroffen. Die Choreo, ein Mix aus Streetdance und klassischem Hip-Hop, genauso wie die Outfits, orange T-Shirts und schwarze Hosen. Der alte Containerhafen war auch einfach eine extrem nice Location. Sogar die Backgroundtänzer, die sein bester Freund Neil für dieses Video gecastet hatte, waren deutlich besser als die, die er vorher immer angeschleppt hatte. Musik, Rhythmus, alles passte. Kein Wunder, dass seine Follower das Video feierten. Adrian überprüfte seine *Spotify*-Playlist und fügte zwei neue Remixe hinzu. Dann öffnete er den Chat mit Neil und tippte los.

Ad: Yo Neil, ist alles bereit?

Neil: Easy Bruder, hab fünf Tänzer für dich. Eins der Mädels hat es richtig drauf, check mal ihr Insta: @groovinglsi. Was ich dich noch fragen wollte: Können wir nächste Woche mal reden? Muss bisschen planen und dir was erzählen.

Ad: Klar, mach ich direkt! Nächste Woche wird schwer. Nehme doch das Q&A mit den Mädels von Soyouthinkyoucandance auf. Das könnte echt meine Chance sein, Bruder! Lass uns danach reden, ist besser.

Neil: Ok, ja, war nur 'ne Idee. See ya in a min.

Ad: Easy. See ya!

Die Hamburger Wahrzeichen – die Alster, der Jungfernstieg, das Rathaus, der Rödingsmarkt und schließlich die Elbphilharmonie – zogen an ihm vorbei. Adrian warf einen letzten Blick auf sein Handy, öffnete *WhatsApp* und suchte nach der Big 5-Gruppe, um ein kurzes *Bis gleich Guys, in drei Minuten da!* in den Chat zu schicken. Neil antwortete sofort mit einem Dance-Emoji, was Adrian innerlich aufatmen ließ. Offenbar war er nicht sauer auf ihn. Gut so. Wäre auch echt doof, wenn Neil jetzt wegen seiner Absage Stress schieben würde. Adrian checkte, wer seine Nachricht bereits gelesen hatte, aber lediglich bei seinem besten Freund waren die beiden blauen Haken zu sehen. Die anderen würden sie sicher noch bemerken …

Adrian plagte ein Anflug von schlechtem Gewissen. Hätte er die Videos vielleicht doch nicht löschen sollen? Er sperrte seinen Bildschirm, steckte das Handy in die Jackentasche und stand auf. Kurz darauf trat er aus der U-Bahn, atmete die frische Luft ein und versuchte, das mulmige Gefühl in seiner Magengrube zu ignorieren. Was, wenn Nancy wirklich beleidigt oder – schlimmer noch – enttäuscht von ihm war, weil er ihre schönen Momente einfach so aus seinem Feed entfernt hatte? Das hasste er ja eh an dieser ganzen Beziehungskiste. *Ich bin nicht sauer, ich bin enttäuscht.* Wie oft hatte er diesen Satz in den vergangenen Monaten jetzt schon gehört? Nancy musste erwachsen werden, genau wie er. So einfach war es, sie musste verstehen, dass sie in seinem Leben nun mal nicht die erste Geige spielte.

Zufrieden atmete Adrian durch und zückte sein Handy. Noch ein kurzes Selfie. *Den Blick auf den Hafen darf man sich nicht entgehen lassen*, dachte er. Er streckte die Zunge raus und posierte lässig in die Kamera, bevor er das Bild in seine Story postete.

Wenig später hüpfte Adrian die Stufen der U-Bahn-Station hinunter. Er überquerte die Straße und lief über die Brücke in Richtung Elphi. Ein letztes Mal ging er im Kopf alle Schritte für die Choreo durch. Am Sandtorkai bog er zum Großen Grasbrook ab. Von Weitem entdeckte er Neil, der mit einigen Tänzern probte.

Anerkennend nickte Adrian. Dieses Mal hatte sich sein Kumpel selbst übertroffen, denn die Auswahl konnte sich sehen lassen. Dahinter erkannte Adrian seine anderen Freunde Luke und Dustin. Sobald Letzterer ihn erspäht hatte, löste er sich abrupt aus seinem Gespräch mit Luke und kam eilig auf Adrian zugelaufen, um ihn überschwänglich zu begrüßen. Luke dagegen blieb demonstrativ an der roten Backsteinmauer stehen und drehte sich von ihnen weg.

»Luke ist ...«, fing Dustin kleinlaut an.

»Schon gut, Dustin, soll er ruhig noch den Blick auf den Hafen genießen. Komm, lass uns loslegen!«

»Was geht?«, rief Neil ihm entgegen.

»Was geht, Bruder, alles fit?«

»Normal, normal, Digga, lass anfangen. Ich schwör dir, die Tänzer heute sind anders krass.«

Adrian lachte und checkte mit der Faust bei Neil ein. »Yo Bro, wegen deiner Nachricht vorhin, lass uns da später mal reden, okay?«

»Klar! War jetzt auch nicht so wichtig«, winkte Neil ab.

Auf Neil war eben Verlass. Dieser gutmütige Kerl, der, seit Adrian denken konnte, ständig eine Wollmütze auf dem Kopf trug – ja, auch im Sommer! –, war immer für ihn da.

»Schön, dass ihr da seid!«, rief Adrian den Tänzern zu.

Neil betätigte die Musikbox und zog hastig seine Mütze zurecht. »Bist du bereit?«

»Na klar, Bruder!«, entgegnete Adrian. Der Sound war laut, und der Bass hämmerte aus der Box über den ganzen Platz. »Okay, Guys! Let's go! Lasst es uns direkt drehen! Dustin, bist du bereit?«

Adrian drückte ihm sein *iPhone* in die Hand und musste grinsen, denn Dustin konzentrierte sich so sehr darauf, das Handy nicht fallen zu lassen, dass er es beinahe wirklich fallen ließ. Denn Adrians Ansprüche waren hoch. Nicht nur die Tänzer, sondern auch der Kameramann mussten immer über 100 Prozent geben.

Die Magellan-Terrassen mit den rotbraunen Backsteinhäusern der Speicherstadt auf der einen Seite des Kanals und den modernen Architektenhäusern auf der anderen waren die perfekte Location. Im Hintergrund war noch die Spitze der Elbphilharmonie zu erkennen, was dem Bild eine schöne Tiefe gab, sodass der Fokus auf den Moves im Vordergrund liegen konnte. Adrian richtete seine Haare und band sich noch schnell die Schnürsenkel, um später nicht über seine eigenen Füße zu stolpern. Was das anging, war er abergläubisch. Das demonstrative Schuhebinden war schon fast zum Ritual vor den Drehs geworden. Wäre echt peinlich, wenn er sich beim Moonwalk auf die Fresse legen würde.

»Fünf, sechs, sieben, acht!«, zählte Adrian und gab Dustin das Zeichen. Gleichzeitig betätigte Neil die Musikbox. Jetzt kam es drauf an, sie waren live. Adrians Füße kribbelten, und er begann, begeistert zu tanzen. Synchron bewegte sich die Crew zur Musik und groovte ebenfalls los. Adrian sah aus dem Augenwinkel, wie einige Passanten stehen blieben und begannen, ihn und seine Backgroundtänzer zu filmen. Mega! Mit ein paar gekonnten Schritten beförderte sich Adrian in den Mittelpunkt der Gruppe. Während die anderen die Choreo weiter perfekt ausführten, drehte er sich mehrmals um sich selbst und legte ein Solo hin. Kick, Ball-Change und dann die Drehung, die in einen Moonwalk mündete. Nicht nur die Passanten jubelten begeistert, auch einige der Tänzer fielen kurz aus ihren Rollen und klatschten für Adrian.

Danach bewegte er sich frontal auf die Kamera zu und sprach seine Follower direkt an: »Der Livestream wird natürlich für euch gespeichert. Wenn euch das

Video gefällt, dann lasst gern ein Like und 'nen Kommi da!«

Mit einem Sprung in die Luft zeigte Adrian einen seiner Special-Skills: Im Spagat auf dem Boden zu landen und sich gleich wieder hochzudrücken, war einer seiner absoluten Lieblingsmoves. Er wusste, dass sich die Kommentare im Livestream überschlagen würden.

Als wäre nichts gewesen, stieg Adrian danach wieder in die Choreo ein. Zusammen mit der Gruppe performte er bis zum Ende der Musik. Dann ertönte der letzte Beat. *Finale Pose und Boom! Das war mal 'ne Show.*

KAPITEL 3

Für ein paar Sekunden verharrten alle in ihrer Position und genossen den Beifall. Während die Tänzer ebenfalls begannen, zu jubeln und zu klatschen, checkte Adrian mit Neil ein und bedankte sich bei seinem Publikum. Ein letztes Mal wandte er sich an seine Follower: »Yo Leute, schön, dass ihr dabei wart! Checkt Neil und die Tänzer ab und macht das Plus weg! Road zur Million, ihr wisst Bescheid! Easy, bis später!«

Mit einem kurzen Nicken gab er Dustin zu verstehen, dass er jetzt aufhören konnte zu filmen. Eine Weile ließ sich Adrian noch von den Passanten und den Tänzern feiern. Dann bedankte er sich bei ihnen und bat auch sie, das Video fleißig zu teilen und zu kommentieren. Dieser Livestream war mit Sicherheit ein voller Erfolg gewesen, und er konnte es jetzt schon kaum erwarten, morgen früh die Insights zu lesen.

Aus dem Augenwinkel sah er, wie Nancy aus einem Bus stieg und langsam auf die Gruppe zukam. Ein mulmiges Gefühl machte sich in ihm breit. Wie würde sie auf ihn reagieren? Er winkte ihr zu und wollte ihr entgegenkommen, doch da tippte ihm jemand auf die Schulter.

»Hey! Können wir vielleicht ein Selfie machen?«

Als er sich umdrehte, standen zwei Mädels etwa in seinem Alter vor ihm und kicherten.

»Äh, ja, klar, kommt her«, erwiderte er und legte seine Arme je um ein Mädchen. Stolz grinste er in die Kamera, die eines der Girls vor ihre Gesichter hielt.

»Danke, du bist echt der Beste!«, bedankte sie sich und hauchte ihm einen Kuss auf die Wange. Dann liefen die beiden zur Bushaltestelle davon.

Adrian starrte ihnen hinterher.

»Starke Leistung, Ad!« Anerkennend klopfte ihm einer der Tänzer auf die Schulter.

»Danke, Mann!«, erwiderte Adrian, der sich nicht sicher war, wie der Typ eigentlich hieß. Es musste Shawn sein, der schon bei einigen Videos am Start gewesen war – ein guter Tänzer mit Potenzial.

»Yo, ich such mal die anderen, mach's gut«, verabschiedete er sich von Shawn und ließ seinen Blick über den Platz schweifen.

Die Performer sammelten ihre Sachen zusammen, und die Passanten gingen ebenfalls wieder ihrer Wege. Auf der anderen Seite an der roten Backsteinmauer entdeckte Adrian seine Freunde. Dustin hatte Nancy in den Arm genommen, und Luke stand gelangweilt mit Neils und seinem Rucksack in der Hand in der Gegend herum. Adrian konnte die Enttäuschung in Nancys Blick sehen. Ja, er hatte sie nicht einmal begrüßt, aber wie denn auch? Schließlich waren ihr seine Fans zuvorgekommen. Beim nächsten Mal musste sie eben die Initiative ergreifen und auf ihn zugehen.

Aber auch das Verhalten seiner Freunde, die abseits herumstanden und sich so gar nicht für ihn zu freuen schienen, ärgerte ihn. Das war nicht in Ordnung.

Das bringt der Fame halt mit sich, und das bisschen Wartezeit müssen sowohl Nancy als auch Luke abkönnen, dachte er verbissen. Sonst sollten sie nächstes Mal einfach erst am Ende der Performance kommen.

Wenigstens Neil wartete geduldig neben ihm, während er noch ein paar Autogramme schrieb. Danach verabschiedete er sich von den Letzten, denn immerhin hatten sie heute einen weiteren wichtigen Geschäftstermin.

»Digga, hast du das gesehen?«, rief Neil, wobei er halb auf Adrians Rücken sprang. »Über 20.000 Views, Digga!«

Adrian schüttelte seinen Kumpel ab und nahm ihn in den Schwitzkasten. »Das hätten noch mehr werden können, wenn deine Fratze nicht drauf gewesen wäre.«

Neil riss sich los und lachte. Freundschaftlich umarmten die beiden Jungs sich und liefen den anderen dreien hinterher in Richtung Hafen City. Kurz vor einer Kreuzung holten sie sie ein, und Adrian unterbrach Nancys und Dustins Gespräch: »Ey, Leute, stoppt mal! Wartet kurz. Ich muss erst noch live gehen, bevor wir reingehen.«

Er holte sein Handy raus, öffnete *Yuma*, klickte auf den *LIVE*-Button und begann, sich selbst zu filmen, ohne auf die Reaktion der anderen zu warten. Lässig sprach er in die Kamera: »Yo Leute! Danke für euern Support gerade! Hat echt Spaß gemacht, und ich freu mich auf eure Reaktionen. Aber ich hab noch mehr: Morgen Abend ist es wieder so weit. Da kommt nämlich das nächste Video von mir und Neil online! Seid gespannt. Das dürft ihr absolut nicht verpassen. Aber gleich – ihr ahnt es schon – kann Dustin erst mal beweisen, dass er was im Köpfchen hat. Nicht, Dustin?« Er klopfte mit seiner Faust an dessen Stirn. »Yo, wird schwer.«

Dustin lachte verhalten.
Auch Nancy schien nicht begeistert von Adrians Aktion. »Das sagt der Richtige.« Sie lachte gekünstelt.
O Mann, ist die schlecht drauf, vielleicht sollte ich ihr ein bisschen mehr Aufmerksamkeit schenken.
Schnell drückte er ihr einen Kuss auf die Wange.
»Ey, hör auf! Du bist live«, schnauzte sie ihn an.
»Ja, und? Sonst hast du doch auch nichts dagegen!«, scherzte Adrian in die Kamera. Lachend verdrehte er die Augen und bemühte sich, das Verhalten seiner Freundin zu überspielen. »Ach Guys, die kleine Prinzessin hat, glaube ich, nicht gut geschlafen. Kauf ich ihr nachher erst mal eine neue Bag oder Schminke. Schreibt mal in die Kommentare, was ich ihr schenken soll. Leute, wir sind gerade auf dem Weg, die 100K abzustauben. 100.000 Euro kann man hier angeblich gewinnen. Krass, oder? Ein Escape-Room mit Geldgewinn. Ist das nicht mega? Was denkt ihr? Checkt unbedingt mal die Webseite! Und nein, das ist keine bezahlte Werbung. Für alle, die neu sind auf meinem Kanal oder es noch nicht mitbekommen haben: Wir sind jetzt auf dem Weg in den modernsten Escape-Room Deutschlands! Yes, richtig gehört. Ein Labyrinth aus Räumen mit Rätseln wie in einem normalen Escape-Room, aber jetzt kommt's: Jeder Raum ist mit LED-Leinwänden ausgestattet, sodass sich die Umgebung von einem Moment auf den anderen komplett verändern kann. Einen Weg raus aus dem Labyrinth zu finden und alle Rätsel auf Anhieb zu lösen, ist deshalb eigentlich unmöglich. Daher auch die 100 Riesen für die Gewinner. Stellt euch das mal vor! Digga, das wird krass, sag ich euch!«
Während Adrian redete, gingen die fünf die Straße entlang und steuerten auf das riesige, verspiegelte

Gebäude zu. Über dem Türrahmen stand in leuchtenden LED-Buchstaben *LIVE ESCAPE GAME ADVENTURE*. Aufgeregt zeigte Adrian das Logo im Stream. Dann, ohne auf die anderen zu warten, öffnete er die Tür und trat in die imposante Eingangshalle. Seine Freunde folgten ihm.

Im Inneren führte Adrian seine Follower durch das Foyer und fing mit der Kamera jedes Detail ein. »Leute, zieht euch das mal rein hier. Die Wände sind alle aus Glas, und es sieht fast so aus, als ob … Wartet mal, ich check das ab.« Mit großen Schritten steuerte er auf die gläsernen Wände zu und tastete sie vorsichtig ab. »Hm … Vielleicht könnt ihr kurz mal googeln, ob das hier Panzerglas ist oder nicht. Oder wir werfen Dustin kurz dagegen, dann wissen wir's auch. Nein, nein, nur Spaß. Wobei – wenn Luke hier mit seinem Gesicht mal gegenlaufen würde, dann wäre es vielleicht wieder symmetrisch.« Adrian lachte.

In diesem Moment witterte Dustin seine Chance: »Luke, wenn wir gewinnen, dann sponsere ich dir eine Gesichts-OP.«

»Du bist so krass, Digga«, prustete Neil laut, und im nächsten Moment rammte Nancy ihm den Ellenbogen in die Rippen.

»Alter, Nancy … Was soll das denn?«

Junge, die versteht heute mal wieder gar keinen Spaß.

»Okay, Leute, nein, wir ärgern uns nicht. Kommt, wir reißen uns zusammen«, versuchte Adrian, die Stimmung zu retten, denn immerhin war er immer noch live.

»Ja, 'tschuldigung, Luke«, murmelte Dustin kleinlaut.

Luke winkte ab und trat mit großen Schritten an Adrian heran. »Was für eine Kindergartenaktion. Escape-Room. Ist das nicht voll 2018?«

Wollte er Adrian gerade live vor seinen Followern bloßstellen?

»Ich weiß nicht, Luke, du musst ja nicht mitmachen, aber dann kassieren wir halt ohne dich das Preisgeld. Niemand zwingt dich. Stell dir vor, wir gewinnen wirklich und werden dann vom Escape-Room gepostet. Denk auch mal an deine Follower, Mann, die würden das bestimmt ultra abfeiern. Ach so, stimmt, hast ja keine, und Social Media ist ja auch voll 2018.«

Luke verdrehte die Augen und äffte Adrians Tonfall nach: »Haha, alles still, keiner lacht, Adrian hat 'nen Witz gemacht.«

»Hey, Mann, sei mal nicht so hart zu ihm, okay? Dustin meinte, er hat gerade 'ne schwere Zeit, und denk dran, du bist immer noch live«, flüsterte Neil Adrian leise ins Ohr.

Schwere Zeit? Hatte Adrian etwas verpasst? Es war nicht so, dass er und Luke sonderlich viel über Privates sprachen, aber was sollte er denn bitte für eine schwere Zeit haben? Der machte doch den ganzen Tag nichts anderes, als genervt in der Gegend rumzustehen und mit Dustin abzuhängen. Der sollte lieber versuchen, sich in Adrians Leben hineinzuversetzen. Dann wüsste er, was schwer ist. Luke ahnte gar nicht, wie anstrengend es war, jeden Tag neuen Content zu posten – er sollte sich also glücklich schätzen, in Adrians Videos auftauchen zu dürfen.

Obwohl ihm die Worte auf der Zunge lagen, schluckte Adrian seinen Ärger herunter und sprach fröhlich weiter. »So, und wie läuft das jetzt hier? Stehen wir einfach rum oder gibt es auch so was wie 'ne Anmeldung?«

KAPITEL 4

»Willkommen!«

Adrian fuhr herum. Wie aus dem Nichts stand plötzlich ein Mann vor ihm.

»Schön, dass ihr da seid und bei unserem Gewinnspiel mitmachen wollt. Ich bin Kai, einer eurer Spielleiter. Ich hoffe, euch geht's gut und ihr seid gut drauf?«

Adrian holte gerade Luft, um etwas erwidern, da redete Kai direkt weiter. Anscheinend war er kein Freund von Smalltalk. Alles an diesem Typen war komisch. Er war kreidebleich und dunkel angezogen – keine gute Kombi – vielleicht war er ja ein Anhänger einer dieser Sekten oder des Emo-Kults aus den 90ern.

Nur mit halbem Ohr hörte Adrian seinen Anweisungen zu, denn viel spannender war, was der Typ bei sich trug. Auf einer Karte, die an einem Bändchen von seinen Hals baumelte, stand sein voller Name: *Kai August Schmidenfeld, S.B.A.S-Institut*. Adrian schmunzelte.

»Was ist so lustig?«, fragte Kai streng und riss ihn aus seinen Gedanken.

»Äh, nichts, sorry, reden Sie ruhig weiter.«

Für einen Moment musterte Kai ihn von oben bis unten, dann fuhr er fort: »Also, passt auf, anders als bei anderen Escape-Games gibt es bei uns keine Einführung oder Erklärvideos. Das Spiel startet, sobald ihr drin seid. Lasst euch einfach drauf ein und genießt es. Solltet ihr Fragen haben, obwohl die Rätsel eigentlich selbsterklärend sind, könnt ihr euch trotzdem jederzeit an uns wenden. War jemand von euch schon einmal in einem Escape-Room?«

»Klar«, sagte Adrian, und auch Nancy, Neil und Dustin nickten. Lediglich Luke schüttelte den Kopf.

»Nun, dann solltest du dich« – Kai deutete auf Luke – »einfach an deinen Freunden orientieren. Schafft ihr es bis zum Ende, gewinnt ihr die 100.000€.«

Adrian jubelte voller Begeisterung. Er wollte sich gerade wieder seinen Followern widmen, als der Spielleiter ihn kühl unterbrach: »Eins noch. Wenn ihr teilnehmen wollt, dann müsst ihr jetzt bitte eure Handys abgeben.«

Wie? Handys abgeben? Adrian starrte den Mann ungläubig an. Ihm war bewusst gewesen, dass die Benutzung von Smartphones innerhalb der Räume nicht erlaubt sein würde, aber sie gleich ganz abzugeben, noch bevor sie überhaupt im Spiel waren? Seine Freunde holten, ohne zu zögern, ihre Telefone hervor und legten sie in die Plastikschale, die Kai ihnen entgegenstreckte.

Adrian war skeptisch, wollte sich jedoch nichts anmerken lassen, weshalb er sich an seine Follower wandte: »Ihr habt den guten Mann gehört, Leute, wir sehen uns später.«

Er hob die Hand und bewegte sie schwungvoll auf die Frontkamera seines *iPhones* zu, wobei er gleichzeitig den *END LIVESTREAM*-Button betätigte. Dabei versuchte er, die genervten Blicke seiner Freunde zu ignorieren.

Adrian fiel es schwer, sich von seinem Handy zu trennen. Bevor er es in die Box legte, stockte er. Befangen wandte er sich an Kai: »Eine Frage hätte ich da noch. Wie schwer ist es denn?«

Kai schmunzelte und nahm ihm das Handy ab. »Das erste Level hat bis jetzt jeder geschafft.«

Ohne ein weiteres Wort drehte er sich um und steuerte auf eine der großen Türen am Ende der Eingangshalle zu. In den Gesichtern seiner Freunde konnte Adrian Unsicherheit erkennen. Fragend sah er sie an, doch sowohl Nancy als auch Luke ignorierten ihn und folgten Kai zur Tür.

»Kommt, Leute, lasst uns losgehen«, rief Dustin ihm und Neil zu, und die beiden beeilten sich, zum Eingang zu kommen.

Bevor die fünf eintraten, stoppte Kai sie erneut. »Ich gebe euch einen Tipp: Ihr seid da drin nicht allein. Wenn irgendetwas ist, sprecht einfach mit KIRA.«

Ungläubig schaute Adrian von seinen Freunden zu Kai und wieder zurück. Doch auch sie schienen vollkommen ratlos zu sein.

Sollte das alles gewesen sein? Und warum hatte er ihnen nichts über die Aufgaben oder das Spiel erzählen wollen? Seltsamer Dude. Und wer war KIRA? Bekamen sie etwa eine weitere Mitspielerin dazu?

»Viel Erfolg«, unterbrach Kai Adrians Gedanken. Und als hätte er ein unsichtbares Signal bekommen, öffnete er die Tür und ließ die Freunde an ihm vorbei.

Sonderlich wohl war Adrian nicht bei der Sache. Um sich Mut zu machen und seine Unsicherheit zu überspielen, wandte er sich an Neil. »Der Typ war ja lustig.«

»Ja ... zum Totlachen«, entgegnete dieser.

An seiner Stimme konnte Adrian hören, dass sogar Neil angespannt und verunsichert war.

Tief ein- und ausatmen, dann wird das schon.

Im Raum war es stockdunkel, sodass Adrian nicht mal seine eigene Hand erkennen konnte. Von irgendwoher kam ein Luftzug. Kälte kitzelte in seinem Nacken und ließ ihn frösteln. Der Boden unter seinen Füßen fühlte sich weich an. Kein Beton oder Straßenbelag, es musste etwas anderes sein. Ein merkwürdiger Geruch, den Adrian nicht zuordnen konnte, lag in der Luft, doch das Erste, das ihm dazu in den Sinn kam, war zu verrückt, als dass er es aussprechen konnte. Das war nicht möglich, sie konnten nicht …

»Hey, du bist mir auf den Fuß getrampelt!«, rief er, obwohl er nicht sagen konnte, wer es gewesen war. »Sagt mal, kommt euch die Luft nicht auch komisch vor?«

Seine Freunde antworteten nicht.

Dann sprach plötzlich eine Stimme zu ihnen:

HALLO, TEILNEHMER, WILLKOMMEN

**MEIN NAME IST KIRA,
UND ICH BIN DAS SPIEL.**

Das war also KIRA. Keine echte Person, sondern eine Stimme. Was hatte das zu bedeuten?

»Hi, KIRA«, begrüßte Adrian sie. »Ist ja schön, dass wir dich kennenlernen dürfen, aber kannst du bitte das Licht anmachen?«

Im nächsten Moment erstrahlte der Raum in gleißender Helligkeit.

Adrian brauchte eine Sekunde, um sich an die Beleuchtung zu gewöhnen. Dann fiel er aus allen Wolken. »Alter! Wie krass ist das denn?«

Die fünf standen inmitten einer riesigen Schneelandschaft. Auf dem Boden lag echter Schnee, und die Bäume waren ebenfalls davon überzogen.

»Gebt euch mal diese Aussicht!« Er kam aus dem Staunen überhaupt nicht mehr heraus. »Junge, ist das geil!«

Es war bitterkalt. Der Wind ließ sie frösteln, und Adrian spürte die kleinen Schneekristalle auf seiner Haut. Wie war das bloß möglich?

Um sie herum bestand alles aus Eis. Es schien fast so, als stünden sie auf dem Gipfel eines Berges. Hinter ihnen, wo sich eben noch die Tür zur Eingangshalle befunden hatte, erstreckte sich jetzt ein Wald. Adrian lief auf den Abhang vor ihm zu. Unter seinen Füßen lösten sich einige Steine und stürzten in die Tiefe.

»Glaubt ihr, das ist real?«, fragte Neil skeptisch.

Dustin bückte sich. Der Schnee unter ihren Füßen schien definitiv echt zu sein. Er formte einen Ball und warf damit nach Neil. »Na klar! Fang!«

Der Schneeball prallte an Neils Schulter ab und zerbröselte. Der fand das allerdings gar nicht lustig.

»Jungs, bitte!« Adrian sah, wie Nancy ihre Lippen kräuselte und genervt zu ihnen hinübersah. »Sucht nach Hinweisen.«

Unterdessen stand Luke verloren im Raum.

»Luke, schau mich nicht so blöd an!«, fuhr Nancy ihn an. »Das ist ein Escape-Room, also such mit uns nach versteckten Hinweisen und lös das Rätsel, damit wir hier rauskommen. Na los!«

Luke verdrehte die Augen, doch dann schloss er sich den anderen an, und sie schwärmten aus. Lediglich Adrian blieb am Rande des Abgrunds stehen und genoss die Aussicht. Bis zum Horizont erstreckten sich unzählige Bergketten, die alle über und über mit Schnee bedeckt waren. Wie machten die das nur?

KIRAs Stimme riss ihn aus seinen Gedanken.

**GUT ERKLÄRT, NANCY.
LUKE SOLLTE NUN WISSEN, WAS ER ZU TUN
HAT. EURE AUFGABE IST ES, EINEN WEG HIER
HERAUSZUFINDEN.
IHR HABT DAFÜR INSGESAMT 60 MINUTEN.
BEEILT EUCH. DIE ZEIT LÄUFT BEREITS.**

»Hey, Ad!«, rief Nancy. »Komm, hilf uns suchen!«

»Yo Nance, bin schon unterwegs«, antwortete Adrian fröhlich und schlitterte durch den Schnee zu seinen Freunden.

Bei ihnen angekommen wuschelte er sich durch die Haare, rieb die Hände aneinander und machte sich ebenfalls auf die Suche nach Hinweisen.

Eine Weile stapften sie durch den Schnee immer tiefer in den Wald hinein. Das Studio war riesig. Um zu testen, ob die Bäume echt waren, hob Adrian einen Ast vom Boden auf und kratze damit an der Rinde. Er musste sich ganz schön anstrengen, aber tatsächlich tropfte nach einigen Versuchen etwas Harz aus dem Baum. Stark!

»Hey, schaut mal!«, rief Nancy und winkte die Freunde eilig zu sich heran. »Ich glaube, ich habe etwas gefunden!«

Hinter ein paar Büschen befand sich eine weiße Holztür, die aufrecht inmitten der Landschaft stand. Sie musste schon etwas in die Jahre gekommen sein. Der Rahmen war marode, und die Scharniere rechts oben an der Verankerung rosteten bereits.

Adrian zuckte mit den Schultern. »Und jetzt? 'ne alte Tür, die hier einfach so rumsteht. Ist ja spannend …« Er streckte den Arm aus und griff nach der Klinke.

»Ey, warte! Nicht, dass du irgendwas kaputt machst!«, fuhr Neil ihn an.

»Stimmt«, murmelte Nancy, während sie vorsichtig den Rahmen abtastete. »Schaut mal, hier ist ein Zeichen auf der Klinke!«

»Was soll das sein?«, fragte Dustin aufgeregt. »Sieht aus wie eine Seite von diesem Yin-und-Yang-Symbol.«

Neil nickte. »Ich glaube, du hast recht, Dustin. Lass uns mal besprechen, was das bedeuten könnte, bevor wir da durchlatschen.«

»Ach, kommt schon!« Lachend ignorierte Adrian den Vorschlag. Seine Neugier war einfach zu groß. »Neil, du hast doch nur Schiss! No risk, no fun, Guys! Während ihr hier erst alles gründlich überdenkt, geh ich da jetzt durch. Was soll schon passieren?« Entschlossen umfasste er die Klinke und drückte sie herunter, bis sich die Tür einen Spaltbreit öffnete.

»So ein Bullshit!«, ertönte Lukes genervte Stimme, und bevor Adrian realisierte, was gerade passierte, hatte ihn dieser auch schon geschubst.

»Hey, was soll das?«, rief er perplex und packte Luke am Arm.

Doch es war zu spät. Sie stolperten durch die Tür, und im nächsten Moment war alles schwarz.

KAPITEL 5

»Digga, was soll das? Erst hast du keinen Bock auf das Spiel und dann schubst du mich einfach?«, schnauzte Adrian Luke an.

»Chill mal, war doch nur Spaß. Dann gehen wir eben wieder zurück. ... Warte mal, wo sind wir eigentlich?«

»Toll gemacht, Luke! Jetzt redest du dich mal wieder raus und versuchst, abzulenken.«

Was konnte er überhaupt? Zu nichts war er zu gebrauchen. Erst stand er beim Tanzen nur dumm rum, dann laberte er pessimistisch in seinen Livestream hinein, und jetzt hatte er auch noch dafür gesorgt, dass sie hier ... Moment mal. Wo zum Henker waren sie eigentlich?

In Adrian stieg leichte Panik auf und er blickte sich unsicher im Raum um. Er war klein, regelrecht winzig und einer Besenkammer ähnlich. Das Licht der Schirmlampe war gedimmt, und an den rot tapezierten Wänden hingen ausgestopfte Tiere. *Eklig.* Auch die Luft roch abgestanden, irgendwie nach Verwesung und Tod, erinnerte ihn an die eine Biostunde im letzten Jahr, als sie gelernt hatten zu sezieren. Schnell schüttelte er die Erinnerungen daran ab und widmete sich wieder dem Raum. Automatisch zog es ihn zu der Holzkommode mit alten Bilderrahmen, die allesamt Fotografien von Menschen zeigten – vermutlich aus dem gleichen Jahrhundert wie das Mobiliar selbst. Am anderen Ende des

Raumes stand ein Schreibtisch, auf dem sich unzählige Papierstapel und dicke Wälzer türmten, die aussahen wie alte gelbe Telefonbücher. Adrian ging über den roten Teppich ein paar Schritte näher heran.

»Sieht aus wie die Wohnung von meinem Uropa«, bemerkte er trocken.

Aber wie um alles in der Welt waren sie hierhergekommen? Die Tür im Wald hatte doch aufrecht mitten in der Landschaft gestanden.

Er drehte sich zu Luke um. »Boah Luke, echt mal, was hast du dir dabei gedacht?«

Luke, der ebenfalls den Ort inspizierte, reagierte lässig auf Adrians Bemerkung. Er klopfte ihm auf die Schulter und ging zur Tür. »Lass uns einfach zurückgehen, komm schon.«

Offenbar kam es Luke nicht so seltsam vor wie ihm, dass sie auf unerklärliche Weise plötzlich in einem komplett anderen Raum standen.

Luke umfasste den Türknauf und warf Adrian noch einen Blick zu, bevor er ihn drehte. Nichts passierte. Er rüttelte einmal. Wieder nichts. Also brachte er all seine Kraft auf und zog wie verrückt daran. Doch vergeblich. Der Ausgang war fest verschlossen. Ungläubig starrte er auf den Griff.

»Leute, Leute, was geht hier ab?«, staunte er.

»Wir sind eingesperrt. Na super.«

Schnell schubste Adrian seinen Kumpel zur Seite und zog selbst an der Tür. Erfolglos.

»Alter! Ist das abgefahren!«, musste auch er zugeben, obwohl ihm nicht ganz wohl bei der Sache war.

An den Wänden tanzten dunkle Schatten, und das Knarren des Fußbodens machte die Situation umso beunruhigender. Außerdem kitzelte der Staub ihn so sehr in der Nase, dass er laut niesen musste.

»Ist ja widerlich«, kommentierte Luke.

»Sag doch einfach *Gesundheit* und fertig. Alter, Luke, du bringst mich wirklich zur … Verdammt, wie sagt man da noch mal …«

»Zur Weißglut?«

»Ja, Mann! Musst auch gar nicht so doof grinsen, ey. Du checkst gar nicht, wie sehr du mich nervst.«

KIRAs Stimme unterbrach sie abrupt:

BLEIBT RUHIG UND ARBEITET ZUSAMMEN.

Luke schob Adrian zur Seite und trat heftig auf die Tür ein. »Die ist gut, die Alte. Ruhig bleiben bei so einem Vollpfosten. Wie stellt die sich das vor?«

Ohne auf Lukes Kommentar einzugehen, lehnte sich Adrian gegen die Wand. Schlimmer konnte es nicht mehr werden, schließlich saß er ausgerechnet mit dem Menschen hier fest, mit dem er nicht mal für 1.500 Euro ein *Yuma*-Video drehen würde. Ab 3.000 oder 4.000 Euro sähe die Sache vielleicht anders aus – aber darunter sicher nicht. Wozu sich also aufregen?

Lukes verzweifelte Versuche, die Tür zu öffnen, amüsierten Adrian, und er konnte sich ein Grinsen und einen Kommentar nicht verkneifen. »Hast du's bald? Muskeln statt Grips, was?«

Luke musterte Adrian abfällig, wich ein Stück zurück und baute sich vor ihm auf. »Wenigstens steh ich nicht nur dekorativ rum und hab ein reales Leben!«

Bevor Adrian ihm widersprechen konnte, mischte sich KIRA wieder ein:

DENKT DARAN, IHR SOLLT ALS TEAM ZUSAMMENARBEITEN.

Adrian starrte wütend an die Decke. Er suchte nach einer Überwachungskamera oder Ähnlichem und entdeckte ein blinkendes rotes Licht.

»Wie soll ich mit jemandem zusammenarbeiten, dem immer gleich die Sicherungen durchbrennen, hm?«, schrie er.

So war er nicht auf Lukes Angriff vorbereitet, als dieser ihn grob am Kragen packte und gegen die Wand drückte.

Adrian musste erneut niesen, da der aufgewirbelte Staub ihn in der Nase kitzelte. Unbeholfen versuchte er, sich aus Lukes Griff zu winden, doch dieser war stärker.

»Deine Klugscheißerei bringt uns gar nichts! Wie soll man da mit dir arbeiten?«, zischte Luke, wobei er ihm ins Gesicht spuckte.

Empört riss Adrian sich aus der Umklammerung los. Tatsächlich schaffte er es dieses Mal, da Luke offenbar schon aufgegeben hatte.

Na warte!

Lange hatte er versucht, sich zusammenzureißen, aber das war zu viel. Adrian hatte noch nicht einmal seine Ärmel hochgekrempelt und sich für den Gegenangriff gewappnet, als Luke ihm zuvorkam. Erneut packte er Adrian und nahm ihn in den Schwitzkasten.

Wie unfair war er eigentlich? Sogar im Boxring wurden sich zuerst die Hände geschüttelt und dann die Köpfe eingeschlagen, das wusste jedes Kind.

»Lass mich los!«, brüllte Adrian.

Sie rangelten miteinander, versuchten beide, die Oberhand zu gewinnen, bis Luke auf einmal innehielt. »Sei mal still!«

»Vielleicht entschuldigst du dich mal lieber. Dann ...«

»Hey, im Ernst. Hörst du das nicht?«, unterbrach ihn Luke energisch.

Adrian befreite sich aus seinem Griff. Ohne auch nur kurz nach dem vermeintlichen Geräusch zu lauschen, brüllte er Luke erneut an: »Sag mal, spinnst du? Du kannst mich doch nicht einfach so festhalten! Geht's eigentlich noch?«

»Jetzt hör doch mal hin!« Luke hob die Hand.

Was sollte Adrian schon hören? Das war sicher nur eine billige Ablenkung, um gleich wieder auf ihn loszugehen.

»Na warte!« Adrian sammelte all seine Kräfte und holte zum Schlag aus.

»Digga! Hörst du das nicht? Da ruft doch jemand um Hilfe. Ist das Dustin? Ich kann nicht verstehen, um was es geht.«

Jetzt hielt Adrian doch inne und lauschte.

»Also, ich hör nichts. Wirst du jetzt verrückt und hörst Stimmen? Weißt du was? Ich habe sowieso keinen Bock mehr!« Mürrisch wandte er sich von Luke ab, ging ein paar Schritte und ließ sich in den Drehstuhl hinter dem Schreibtisch sinken. Dann schaute er zum blinkenden Licht über der Tür. »Habt ihr gehört? Ich hab keinen Bock mehr auf diesen Kindergarten!«

Adrian wollte hier raus. So hatte er sich den Nachmittag im Escape-Room sicher nicht vorgestellt.

»Ohne Witz jetzt, ich will hier raus! Das ist doch Kinderkacke. Ich dachte, es wäre hier drin spannend und würde Spaß machen. Außerdem stinkt es!«, schrie er das rote Licht an.

BIST DU DIR SICHER?
IHR HABT DAS SPIEL DANN VERLOREN UND

NICHT MEHR DIE CHANCE, 100.000 EURO ZU GEWINNEN.

Teilnahmslos schüttelte Adrian den Kopf und legte die Füße auf den Tisch. Dabei stieß er die Telefonbücher herunter, die lautstark auf dem Boden aufkamen.

»O Mann, ey«, fluchte Adrian und kroch hinterher, um sie wieder aufzuheben. Da bemerkte er ein Telefon, das unter dem Tisch versteckt war. »Ein Telefon mit Wählscheibe? Krass. Wie alt soll das denn hier alles sein? Da habt ihr so eine fette LED-Technik und könnt euch nicht mal ein normales Telefon leisten?«

»Vielleicht ist das ja ein Hinweis?«

»Glaubst du wirklich, Telefonbücher und ein Wählscheibentelefon sind Hinweise, Luke?«

»Ja, überleg doch mal. Vielleicht müssen wir eine bestimmte Nummer finden, sie anrufen und dann kommen wir hier raus oder so?«

»So ein Schwachsinn«, zischte Adrian und griff nach dem Telefon. »Ich bin ein Star, holt mich hier raus!« Dann knallte er den Hörer auf die Gabel.

Nach ein paar Sekunden wurde es taghell im Raum, und die Tür, an der sie eben noch vergeblich gezogen hatten, öffnete sich. Triumphierend grinste Adrian. Er wischte sich den Staub von den Schultern, warf sich einen Kaugummi ein und ging in Richtung Ausgang. Na also.

»Und wie erklärst du das jetzt den anderen?«, fragte Luke. »Immerhin sind wir alle nur mitgekommen, weil du unbedingt Escape-Room spielen wolltest.«

»Mann, ey. Können ja noch mal von vorn anfangen. Aber diesmal vielleicht besser ohne dich.«

Ohne Luke eines weiteren Blickes zu würdigen, trat

Adrian durch die Tür. Für einen Moment meinte er dabei, ein Kribbeln zu spüren und ein Blitzen zu sehen, aber das konnte nicht sein. Hochmoderne Technik hin oder her, das war doch sicher nur ein billiger Effekt. Dennoch kam ihm ein Gedanke.

Auf *YouTube* hatte er mal eine Doku über Magnetfelder und die Zukunft des Transportwesens gesehen – *super cringe*. Nanotechnologie oder wie es hieß. Einer dieser neuen Disneyfilme, den er zusammen mit Nancy hatte schauen müssen – der mit dem riesigen weißen Gesundheitsroboter, der Adrian immer an das Michelin-Männchen erinnerte – hatte das auch. Zumindest glaubte er das. Ganz so gut hatte er bei der Doku nicht aufgepasst.

Nanoteilchen, Magnettelepathie, whatever.

Aber das war doch alles nur Science-Fiction und funktionierte eh nur im Film ... oder? Haha, als ob. Schnell vertrieb er die skurrilen Gedanken und freute sich, wieder den Schnee der Eislandschaft unter den Füßen spüren zu können und nicht mehr mit Luke in dieser stinkenden Hölle eingepfercht zu sein.

KAPITEL 6

»Ich versteh einfach nicht, wieso wir verloren haben. Wir haben doch alles richtig gemacht und das Rätsel gelöst«, grübelte Neil.

»Bäh, war das eklig da drin«, meckerte Adrian und wischte sich den übrigen Staub von den Schultern und aus den Haaren. »Endlich wieder frische Luft. Sagt mal, wart ihr etwa die ganze Zeit hier?«

»Ey, wir sind euch hinterher und wären da drin fast gestorben!«, keifte Neil die beiden wütend an und zeigte auf die Tür. »Wir haben geschrien und versucht, euch zu erreichen, während wir fast von so einer beweglichen Scheißwand zerquetscht wurden. Was habt ihr denn so lange gemacht, hm? Zöpfe geflochten?«

Peinlich berührt ließ Adrian von seinen Haaren ab und schaute Neil direkt in die Augen. Sein bester Freund zitterte vor Wut.

»Ach, ihr wart das? Ha, Luke, du hörst doch keine Stimmen!«

»Ja! Wir waren das, Adrian!«, fuhr nun auch Nancy ihn an.

»Tja, frag ihn mal, wieso wir euch nicht helfen konnten!« Luke funkelte ihn böse an.

FOLGT DEN LICHTERN AUF DEM BODEN ZUM AUSGANG.

Ohne ein weiteres Wort stürmte Luke voraus durch

den Wald, während Adrian zerknirscht hinter seinen Freunden hertrottete.

»Ein bisschen wie die Lichter im Flugzeug, die den Passagieren bei einem Notfall den Weg zum nächsten Ausgang zeigen sollen, oder?«, fragte Adrian Nancy in dem Versuch, die Stimmung ein wenig zu heben.

Am Ende angekommen stieß Luke die Tür mit einem Ruck auf und lief zurück in die Eingangshalle des Escape-Rooms.

»'Level 1 hat noch jeder geschafft'«, spottete er, »aber Ad hat es wieder mal versaut!«

Adrian trat als Letzter aus dem Studio. »Komm runter, Luke, dann machen wir es halt noch mal.«

Geknickt liefen sie zu den Schiebetüren, durch die sie vorhin eingetreten waren.

»Ist echt ein bisschen doof gelaufen«, bemerkte Nancy beiläufig an Adrian gewandt.

»Ja, vielen Dank für deine Unterstützung! Hättest ja auch mal was machen können, anstatt nur zu zicken.«

Sie wollten gerade ins Freie treten, als Kai wie aus dem Nichts vor ihnen erschien. »Puh, Leute, das war ja wirklich keine Glanzleistung. Was war denn los? Da sind die Emotionen wohl ein bisschen hochgekocht, was?«

»Leute? Also es ist doch wohl klar, dass Adrian es verkackt hat!«, rechtfertigte sich Luke.

»Na, na, wer wird denn hier gleich laut werden? Kopf hoch. Es ist noch nicht vorbei. Es sei denn, ihr wollt schon gehen.« Fragend sah Kai in die Runde. »Wäre doch aber schade, wenn ihr hier ohne ein bisschen Spaß rausspaziert, oder?«

Adrian wusste nicht, was er davon halten sollte. Stattdessen sah er trotzig zu Nancy und Luke. Sollten die doch entscheiden.

»Ich glaube, wir haben da was, das genau auf euch zugeschnitten ist«, fuhr Kai fort.

Irgendetwas stimmte mit diesem Typen nicht. Alles, was er von sich gab, klang beim Hinhören total normal und nett. Aber die Art und Weise, *wie* er es sagte, störte Adrian. Kühl und wie auswendig gelernt. Fast so, als würde er nicht oft mit Jugendlichen sprechen. Er wirkte unnahbar und bewegte sich so gut wie gar nicht, sondern stand nur da, kerzengerade und steif.

»Stimmt etwas nicht?«, fragte Kai, dem Adrians skeptischer Blick nicht entgangen war.

»Ne, ne, alles bestens.«

»Na dann ... Wir nennen es das 24-Stunden-Spiel.« Kai machte eine dramatische Pause. »Der einzige Haken: Seid ihr einmal im Game, gibt es kein Zurück mehr.«

Die fünf zögerten kurz, dann ergriff Luke die Initiative.

Mutig baute er sich vor Kai auf. »Interessiert meinen Alten eh nicht, wo ich bin«, betonte er gereizt und verschränkte die Arme vor der Brust. »Ich bin dabei.«

»Wow, wow, wow. Wenn wir noch nicht mal das Kinder-Level schaffen, wie sollen wir dann 24 Stunden hier durchhalten? Und im Gegensatz zu deinen Eltern ist es meinen nicht egal, wo ich bin«, warf Neil ein.

»Warte mal, 24 Stunden? Echt jetzt?«, fragte Dustin skeptisch.

»Macht euch keine Sorgen, es sind natürlich nicht wirklich 24 Stunden. Zum Abendessen seid ihr wieder zu Hause«, ermutigte Kai sie.

Nancy war offenbar mit den Gedanken ganz woanders. »Ich habe das Gefühl, danach sind wir keine Freunde mehr ...«

Dustin nickte.

»Wenn ihr gewinnt, bekommt ihr nicht nur das Preisgeld, sondern werdet auch die Gesichter für unsere Firma. Die dadurch generierten Follower verstehen sich, nehme ich an, von selbst. Genauso wie der blaue Verifizierungshaken im Profil, der euch ganz offiziell als 'Personen des öffentlichen Lebens' kennzeichnet. Promistatus also.«

Adrian fiel die Kinnlade herunter. »Was? Meinen Sie das ernst?«

Kai nickte. »Also, wie lautet eure Entscheidung?«

»Ey, da muss man doch nicht nachdenken!«, rief Adrian.

»Ähm, aber Adrian, lass uns das doch kurz zusammen besprechen ...«

»Dustin, hast du nicht zugehört? Das ist unsere Chance! Kommt schon Leute, das wird super!«, motivierte Adrian seine Freunde. Wann waren aus ihnen solche Jammerlappen geworden? Wieso waren die so unentspannt? War ihm jetzt aber auch egal, er war begeistert. Das könnte alle seine Träume wahr werden lassen. »Wir sind dabei!«

Seine Freunde sahen ihn entsetzt an.

Neil stockte. »Adrian, Bro, ich glaube, du verstehst das nicht. Nancy, Dustin und ich waren wirklich in Gefahr wegen dir. Während du das Spiel abgebrochen hast, haben wir wirklich versucht, den Hinweisen nachzugehen, und wären dabei fast von einer Wand zerquetscht worden. Noch mal mach ich das nicht mit. Du musst das ernst nehmen.«

»Übertreib mal nicht. Und ja, sorry, dass ich vorhin so schnell aufgegeben habe, das war nicht mein Game. Aber hey, hast du den Typen gehört? Werbedeal! Follower! Mann, Neil! Das wird super! Er hat doch gesagt, dass das genau auf uns zugeschnitten ist. Verstehst du? Los jetzt.«

»Ja, kommt schon, wir ziehen das einfach durch«, schloss sich Luke energisch an.

Kai schmunzelte. »Na dann. Folgt mir einfach.«

»Jawohl, Luke, so kennen wir dich ja gar nicht«, staunte Adrian und sah ihm nach, der schnurstracks Kai hinterherlief. »Los, Leute, nehmt euch ein Beispiel an Luke. Und hey, das mag was heißen, wenn der und ich mal einer Meinung sind!«

Nach wie vor machten weder Nancy noch Neil Anstalten, ihm zu folgen.

»Ey, was soll das denn? Ich will mich hier gerade indirekt bei euch entschuldigen, dass ich das erste Spiel versaut habe, und ihr macht jetzt auf, ich weiß nicht, Moralapostel und beleidigte Salami?«

»Das heißt Leberwurst, du Pfeife«, korrigierte ihn Neil genervt.

»Neil, Mann, das wird super! Los jetzt!«

»Na gut ... Komm schon, Nancy, lass uns dem Idioten mal zeigen, wie ein Escape-Room funktioniert. Aber Ad, du musst versprechen: dieses Mal keine Alleingänge!«

»Easy!«

KAPITEL 7

Sie folgten Kai durch unzählige graue Gänge, an deren Wänden Bildschirme mit einem Logo hingen. *S.B.A.S.-Institut* lautete der Schriftzug, und dahinter war ein Gehirn abgebildet. Was sollte das denn sein? Gehörte das zur Deko?

Egal. In seinem Kopf malte Adrian sich bereits aus, wie er seinen Followern vom gewonnenen Werbedeal erzählte und überall in der Stadt auf Plakaten zu sehen sein würde. Genauso wie die großen Schauspieler, die auf animierten Tafeln für ihre neue *Amazon-* oder *Netflix*-Serie posierten. Oder Models, die auf riesigen Werbeleinwänden in der ganzen Stadt verteilt waren und für Duschgel warben.

Vor einer großen Flügeltür stoppte Kai, doch Adrian war so in seine Gedanken vertieft, dass er stolperte und direkt in ihn hineinknallte.

»Oh, sorry!« Schnell rappelte er sich wieder auf.

»Kein Problem.«

Demonstrativ trat Kai einen Schritt von ihm weg, als wäre ihm die plötzliche Nähe unangenehm, und sah die fünf direkt an. Für eine Weile sagte er nichts, und eine unbehagliche Stille breitete sich aus. Allmählich wunderte sich Adrian, was das sollte, doch dann hielt Kai ihnen ohne jegliche Erklärung die Tür auf.

»Hm, okay, danke«, sagte Adrian, bevor er hindurchtrat.

Zögerlich folgten ihm seine Freunde in den Raum.

Ein lauter Knall ertönte, der sie erschrocken zusammenfahren ließ. Hinter ihnen war die Tür ins Schloss gefallen.

Fünf Stühle waren im Halbkreis um eine große Holztheke herum angeordnet. Darauf lagen merkwürdige Hauben mit Schläuchen, deren Enden im Boden verschwanden.

»Ha, schaut mal, so was trägt meine Oma immer im Hallenbad.«

Adrian ignorierte Dustin und griff in seine hintere Hosentasche. »Ach, Shit, das wäre voll die gute Story geworden. Die Location ist ja mal mega nice«, sagte er mehr zu sich als zu seinen Freunden. »Hey, Leute, könnt ihr euch daran erinnern, jemals so lange ohne Smartphone unterwegs gewesen zu sein?«

Bevor jemand etwas erwidern konnte, meldete sich KIRA zu Wort:

HALLO, TEILNEHMER.

SETZT DIE HAUBEN AUF UND SPIELT DAS SPIEL *WAHRHEIT ODER STROM*

Ungläubig ließen sie sich auf den Stühlen nieder und setzten sich zögerlich die Hauben auf, während KIRA fortfuhr:

ICH WERDE EUCH NUN FRAGEN STELLEN. BEI JEDER FALSCHEN ANTWORT ERHÖHT SICH DIE STROMMENGE, DIE DURCH EURE KÖRPER FLIESST.

MITHILFE DER ANZEIGE VOR EUCH KÖNNT IHR EUREN EIGENEN STROMANTEIL

REDUZIEREN UND AUF DIE ANDEREN UMVERTEILEN.

Adrian hörte nur mit halbem Ohr hin und inspizierte stattdessen die Theke.

»Ich hoffe, das tut nicht weh«, murmelte Dustin und sah zu Nancy.

Adrian schmunzelte darüber, was für ein Schisser er war. Keine Weitsicht, kein Mumm in den Knochen. Jedes Mal, wenn er längere Zeit mit Dustin verbrachte, fragte er sich, wie jemand nur so wenig aus sich und seiner Social-Media-Präsenz machen konnte.

»Das ist nur ein Spiel, Dustin«, versuchte Nancy ihn zu beruhigen, »mach dir keine Sorgen.«

»Ja, das wird schon gut, Digga, vertrau mir«, bestärkte Adrian ihre Worte und sah Dustin dabei zu, wie er tief ein- und ausatmete.

Plötzlich schloss sich ein Gurt um ihre Taillen.

»Was geht denn jetzt ab?«, rief Neil erschrocken.

Vorsichtig tastete Adrian den Verschluss ab, doch er saß bombenfest. Nun gab es kein Zurück mehr.

Unsicher sah Adrian in die Gesichter seiner Freunde. *Okay, okay, Adrian, bleib cool, bleib cool*, versuchte er, sich gut zuzureden, und dachte an die Follower, die er durch dieses Spiel gewinnen würde.

HALTET FÜNF MINUTEN DURCH, UM DAS NÄCHSTE LEVEL ZU ERREICHEN.

DER GRUNDSTROM WIRD GLEICH AKTIVIERT, DAMIT IHR EIN GEFÜHL DAFÜR BEKOMMT.

DREI.

ZWEI.

EINS.

Ein lautes Piepen ertönte, und Adrian spürte ein leichtes Kribbeln an seinen Schläfen. Er zwinkerte Dustin zu. »Alles easy!«

»Na, wie fühlt es sich an, wenn endlich mal Strom durch dein Hirn fließt?«, versuchte Luke, Adrian aufzuziehen.

»Besser Strom als Stroh, Luke.«

»Fühlt sich ein wenig so an, als würde ein Schwarm Ameisen durch meinen Körper laufen«, stellte Dustin fest.

»Ameisen trifft es gut«, bestätigte Neil. »Wie ist es bei dir, Nancy? Geht's dir gut?«

»Ja, alles ok, noch ist es echt auszuhalten.«

KIRA startete mit der ersten Frage.

DUSTIN, HAST DU DIR HEUTE MORGEN DIE ZÄHNE GEPUTZT?

»Ja schon, das macht man doch so und ist wichtig für die Zahngesundheit«, erklärte dieser leise.

DANKE FÜR DEINE EHRLICHKEIT, DUSTIN.

ADRIAN, DIE NÄCHSTE FRAGE IST FÜR DICH.

»Jetzt geht's los, juhu!«, grölte er.

WANN IST DER JAHRESTAG VON NANCY UND DIR?

O Shit. Okay, jetzt kurz nachdenken, cool bleiben und ja nichts anmerken lassen.

»Gute Frage, KIRA, wenn auch zu einfach. Den Tag kann ich doch niemals vergessen, haha ... Das ist der ... 29. August.« Triumphierend grinste Adrian und bemerkte dann Nancys ungläubigen Blick. »Hättest gedacht, ich vergesse so was, oder?«

Ertappt schaute sie weg. »Nein, ich ... Krass, dass du ... Ja, stimmt. Ich dachte, du hättest es vergessen.«

NUN ZU DIR, NANCY: HAST DU DEINE FREUNDE WOCHENLANG ANGELOGEN?

Verdutzt starrte Adrian seine Freundin an, die mit ihrer Antwort zögerte. »Ja.«

»Bitte was?« Er war verwirrt. »Angelogen? Wieso? Wegen was denn?«

Irritiert suchte er in Nancys Augen nach einer Erklärung, allerdings konnte sie seinem Blick wieder nicht standhalten. Stattdessen sah sie verstohlen zu Neil hinüber.

Was meinte KIRA bloß? Adrian dachte scharf nach. Wieso sollte Nancy ihn beziehungsweise sie alle belügen? Hatte das etwas damit zu tun, dass sie nicht mehr so oft zu den Drehs mitkam und in letzter Zeit so launisch war? Ihr Verhalten war wirklich anstrengend geworden. Aber sie hatte nie etwas gesagt oder mit sich reden lassen. Zugegeben, besonders viel Zeit hatte er sich nicht für sie genommen, aber hey, Business ging nun mal vor.

LUKE, HAST DU SCHON MAL JEMANDEN AUS DIESER GRUPPE BESTOHLEN?

Luke biss sich auf die Unterlippe.

Wieso sollte er sie bestehlen? Schließlich waren sie Freunde. Zwar waren Adrian und Luke nie wirklich warm miteinander geworden, aber er war dennoch ein Teil der Big 5.

LUKE, ICH SOLLTE KLARER WERDEN. HAST DU ADRIAN BESTOHLEN?

Was ging denn jetzt ab? Woher sollte KIRA wissen, ob Luke ihn …

Da dämmerte es Adrian. Seine Uhr, die er nach dem Sportunterricht vor ein paar Wochen in der Umkleidekabine hatte liegen lassen, war verschwunden. An diesem Tag war Luke der Letzte in der Umkleide gewesen, und Adrian hatte ihn gefragt, ob er etwas gesehen hatte. Konnte es sein, dass …

Gebannt wartete er auf die Antwort.

»Nein«, brachte Luke über die Lippen.

Ein Alarmsignal ertönte, und die Stromanzeige leuchtete rot auf. Ein Ruck ging durch ihre Körper.

»Wieso hast du gelogen, Luke?«, rief Adrian. Stinksauer starrte er Luke an, wollte ihn beschimpfen, doch ihm fehlten die Worte. Enttäuschung und Wut machten sich in ihm breit und benebelten seine Sinne. Auch die Strom-Ameisen trampelten jetzt regelrecht durch seinen Körper, und sein Kopf begann zu schmerzen.

Unbeirrt sprach KIRA weiter.

NEIL, KANNST DU DIR MEHR MIT NANCY VORSTELLEN ALS FREUNDSCHAFT?

Sofort lagen alle Blicke auf Neil.

»Was? Was meint sie damit?«, fuhr Adrian diesen an.

Langsam wurde es ihm zu viel. Erst Nancy, die ihn offenbar angelogen hatte, dann Luke und die Wahrheit über seine vermisste Uhr und jetzt auch noch Neil? Wieso sollte er etwas von seiner Freundin wollen? Adrian hatte gedacht, dass sein bester Freund ihn niemals hintergehen würde. Never ever würde er ihm so etwas zutrauen. Aber was, wenn Neil wirklich auf Nancy stand?

Die Verzweiflung in Neils Augen war deutlich zu sehen. »Nein!«, stieß er hervor und schüttelte den Kopf.

Sofort spürten sie, wie die Strommenge erhöht wurde.

Neil hatte gelogen.

Ungläubig starrte Adrian seinen besten Freund an. War es das, was Nancy ihm verschwiegen und worauf KIRA angespielt hatte? Lief etwas zwischen ihnen? Enttäuscht wandte er den Blick von seinem besten Freund ab. Am liebsten wäre er aufgesprungen, gegangen und hätte sie alle hier zurückgelassen, denn was blieb ihm noch? Seine Freundin verschwieg ihm etwas, sein bester Freund stand auf sie, der Nächste bestahl ihn. Was waren das denn für Freundschaften?

»Ich ... Ich kann nicht mehr!«, schrie Dustin laut auf. In seinem verzerrten Gesicht konnte Adrian deutlich die Panik erkennen.

Was war das für ein krankes Spiel, und was waren das für Menschen, die sich so etwas ausdachten und es als Escape-Room tarnten?

In Adrians Kopf dröhnte der Schmerz, und seine Gliedmaßen begannen zu zittern. Kurz dachte er darüber nach, den Hebel vor sich umzulegen, doch er wollte nicht schon wieder aufgeben. Was wusste KIRA alles über sie? Womöglich gab es noch mehr pikante Geheimnisse, die sie ans Tageslicht bringen würde. Vielleicht hatte auch Dustin ihn hintergangen?

Adrian würde sich zusammenreißen und den Schmerz aushalten. Niemals würde er sich jetzt vor Nancy und Neil als der gekränkte Freund geben.

Gequält rutschte er auf seinem Stuhl hin und her.

Aus den Augenwinkeln sah er, wie Dustin seine Hand nach dem Hebel vor sich ausstreckte. Tränen standen ihm in den Augen. »Ich ... Ich kann wirklich nicht mehr! Es ... Es tut ... Es tut so weh!«

Adrian realisierte, dass es Dustin ernst war und er tatsächlich gleich den Strom auf sie umverteilen würde. »Nein, Dustin!«, schrie er und beugte sich vor. »Du darfst das nicht! Nein, mach das nicht, Dustin! Leg den Hebel nicht um! Wir schaffen das!«

Erfolgreich. Sein Freund ließ seinen Arm wieder sinken, und Adrian sah, wie die Kabel, die von den Hauben abgingen und hinter den Stühlen verschwanden, rot aufglühten. Bis in die Zehenspitzen spürte er mittlerweile die Vibration des Stroms. Verzweifelt versuchte er, sich zusammenzureißen und tief ein- und auszuatmen, um den pochenden Schmerz wegzuatmen, doch vergeblich.

**ADRIAN, ANTWORTE EHRLICH:
LIEBST DU NANCY NOCH?**

»Hä? Was soll das denn jetzt? Du laberst was davon, dass mein bester Freund auf Nancy steht, und klärst das alles nicht mal auf? Woher willst du das eigentlich alles wissen, hm?«

ADRIAN, BITTE ANTWORTE IN:

DREI.

ZWEI.

EINS.

»Vergiss es! Erst will ich wissen, ob das stimmt, was du erzählst! Ah!«

Vor Schmerz krümmte er sich, und seine Sicht begann zu flackern. Die Strommenge war offenbar erneut erhöht worden, weil er KIRA nicht rechtzeitig geantwortet hatte.

»Okay, okay! Ja, ich liebe sie noch! Ist es das, was du hören willst?«

Wieder ertönte das schrille Piepen, und er spürte den Ruck, der durch seinen Köper ging. Vor seinen Augen blitzte es, und er kniff die Lider fest zusammen.

DAS IST EINE LÜGE.

»Hä? Was? Du Miststück! Das … Das ist nicht wahr!«, schrie Adrian und suchte nach weiteren Schimpfwörtern. Aber der Strom hatte ihn fest im Griff. Verzweifelt versuchte er, nach der Haube auf seinem Kopf zu greifen, doch auch seine Arme waren wie betäubt.

**NUN EINE FRAGE FÜR EUCH ALLE.
ANTWORTETET BITTE NACHEINANDER.
STELLT EUCH VOR, EUER HAUS BRENNT:
WEN VON EUCH WÜRDET IHR
ZURÜCKLASSEN?**

ADRIAN, ANTWORTE BITTE IN:

DREI.

ZWEI.

EINS.

»Luke!«, schrie Adrian, ohne nachzudenken.

Der hatte sich den ganzen Tag sowieso wie ein Vollidiot aufgeführt, und vielleicht merkte er dann endlich, dass er für seine Freundschaften auch mal was tun musste und nicht alles selbstverständlich war.

»Luke!«, gab Nancy mit gequälter Stimme zu, und Neil nannte denselben Namen.

Mit zusammengekniffenen Augen versuchte Adrian, Luke zu beobachten. Auf seinem Gesicht stand Enttäuschung geschrieben, gemischt mit dem unerträglichen Schmerz, den der Strom ihm bereitete.

DUSTIN, BITTE GIB EINE ANTWORT, UND ZUM SCHLUSS BITTE DU, LUKE.

»Ich ... Ich kann nicht!«, rief Dustin mit schmerzverzerrtem Gesicht.

Wieder ertönte das schrille Piepen, und die Strommenge wurde erhöht. In jedem Zentimeter seines Kopfes pulsierte der Schmerz. Adrian hatte fast schon das Gefühl, dass sämtliche Zellen in seinem Körper zersprangen und in tausend Einzelteile zerrissen wurden.

DUSTIN, DAS WAR EINE WARNUNG.
BITTE GIB EINE EINDEUTIGE ANTWORT,
SONST ERHÖHE ICH DEN STROM ERNEUT.

Bitte, Dustin, sag es ihr, dachte Adrian, während er förmlich spürte, wie das Blut in seinen Adern im Rhythmus der Elektrizität pulsierte. Er litt Höllenqualen. Wie von selbst ballten sich seine Hände zu Fäusten, stumm flehte er, dass es bald aufhören sollte. Das Surren in seinem Kopf war so laut, dass er Dustin fast überhörte.

»A-a-adrian!«

**DAS IST EINE LÜGE.
DIE STROMMENGE WIRD ERHÖHT.**

Adrian riss den Kopf in den Nacken. Seine Augen würden ihm gleich aus dem Schädel springen, da war er sich sicher. Der Strom war nicht mehr auszuhalten.

»Ich … Es geht nicht! Tut … mir leid!«, heulte Dustin.

Nur noch vage konnte Adrian seine Silhouette erkennen und musste hilflos dabei zusehen, wie diese all seine Kraft zusammennahm und mit einem Ruck den Stromhebel vor sich betätigte.

Adrians gesamter Körper vibrierte. Es fühlte sich an, als würden Tausende Nadeln gleichzeitig auf seine Haut einstechen. Jeder Muskel brannte, und alle Versuche zu schreien scheiterten. Er war am Ende seiner Kräfte.

Musste er jetzt sterben?

Würden sie alle sterben?

Wirre Gedanken zogen durch seinen Kopf, und Adrian spürte nichts anderes mehr. Es war ihm egal. Alles war ihm egal. Was auch immer passieren würde, es würde geschehen. Es sollte nur bitte endlich aufhören. Ganz gleich, wie.

Er kämpfte gegen die aufsteigende Ohnmacht an,

doch es war zu spät. Langsam ließ das Dröhnen nach, und Adrian ergab sich dem Drang, einfach loszulassen.
  Im nächsten Moment wurde alles schwarz.

KAPITEL 8

Allmählich kam Adrian wieder zu sich. In seinen Ohren dröhnte immer noch der Schmerz, und das kribbelnde Gefühl der Ameisen hallte in seinen Gliedmaßen nach. Seine Schläfen pochten und sein Magen fühlte sich komisch an.
Ich glaub, ich muss mich gleich übergeben, realisierte Adrian, während er in die Dunkelheit blickte und versuchte, etwas zu erkennen.
Wo zum Teufel war er?
Vorsichtig tastete er mit den Fingern die Wand ab, an der er lehnte. Sie war kalt und glatt und erinnerte ihn an die langen Gänge im Keller seiner Schule, die Nancy und er immer entlanggelaufen waren, um sich in der Pause vor den anderen zu verstecken und – na ja – ein bisschen Zweisamkeit zu genießen. Eine Stimme riss ihn aus seinen Gedanken.
»Ad? Bist du da?«
»Nancy, bist du das?«, fragte Adrian hektisch und sah sich nach allen Seiten um.
»Wo bist du, Ad?«
»Ich ... Ich weiß nicht.«
Wie ein Tiger lief Adrian vor der Wand auf und ab und suchte verzweifelt nach einem Ausgang. Nancy musste auf der anderen Seite sein, da war er sich sicher, doch wie konnte er sie erreichen? War sie ebenfalls allein?
»Bitte komm zu mir, ich brauche dich.«

»O verdammt!«, schrie Adrian und boxte gegen die Wand. Sofort hielt er sich die schmerzende Hand und stieß einige Flüche aus. »Ich komm hier nicht raus, Nance! Was geht hier ab? Ey, KIRA, lass mich sofort raus!«

Plötzlich ertönte ein ohrenbetäubender Lärm. Eine Lampe an der Decke leuchte rot auf, was Adrian blendete. Aus vergitterten Öffnungen drangen Nebelschwaden, und er versuchte, sein Gesicht vor dem Qualm zu schützen. Hustend sank er auf den Boden. Der Rauch kratze in seiner Lunge, und der grelle Alarmton machte die Situation nur schlimmer.

Kauernd wartete er darauf, dass dieser schreckliche Albtraum ein Ende nahm. In seinem Kopf wirbelten die Gedanken durcheinander. Wieso passierte das alles?

Langsam dämmerte ihm, dass das hier möglicherweise das nächste Spiel dieses kranken Games war. Aber was war das Ziel?

Plötzlich verzog sich der Nebel so schnell, wie er gekommen war, und die Lampe hörte auf zu blinken. Für einen Moment verharrte Adrian noch auf dem Boden, um sicherzugehen, dass der Alarm nicht gleich wieder losbrechen würde, sobald er sich aufrappeln und weiter nach Nancy suchen würde, doch nichts geschah. Zögernd richtete er sich auf.

In der Mitte des Raumes, der eben noch komplett leer gewesen war, standen jetzt ein brauner Holztisch und ein dazu passender Stuhl. Ungläubig sah Adrian sich um. Die Spielleiter mussten die Sekunden, die er keuchend am Boden gelegen hatte, genutzt haben, um die Möbel hier hereinzutragen. Was bedeutete, dass es einen Ausgang gab.

»Ad! Ich brauche dich wirklich!«

»Nancy! O Gott, Nancy, alles okay? Hier ging's

gerade ziemlich ab, alles in Ordnung bei dir? Bist du allein?«

Angespannt wartete er auf eine Reaktion, doch vergeblich. Erneut rief er nach ihr und hämmerte gegen die Wand, bis er plötzlich erstarrte, denn die Stimme, die er eben noch für Nancy gehalten hatte, hatte sich verändert.

ADRIAN, ERKENNST DU DEINE EIGENEN WORTE NICHT WIEDER?

Nancy war also gar nicht hier? Hatte die ganze Zeit nur KIRA mit ihm gesprochen und einfach Nancys Stimme verwendet? Es schien fast so, als würde sie nun aus einer anderen Ecke des Raumes kommen.

Langsam drehte er sich um und sah, wie etwas auf dem Tisch aufflackerte. Er trat ein paar Schritte näher heran und entdeckte ein Handy. Es war nicht sein *iPhone*, das erkannte er sofort. Ein Chatverlauf öffnete sich, und KIRA begann, ihm nach und nach geduldig die Nachrichten vorzulesen.

Nancy: Hör mir jetzt mal zu, ich brauche dich wirklich…

Ad: Nance, es ist gerade ein bisschen schwierig.

Nancy: Ad, bitte, es ist wichtig. Können wir reden?

Dann erschien eine neue Nachricht im Chat. Es war eine Sprachaufnahme. Adrian sah ungläubig auf das Profilbild und erkannte sich selbst. Sie stammte eindeutig von ihm, aber woher ... und wieso? Was hatte das hier mit dem Spiel zu tun?

»Okay, Ad, tief ein- und ausatmen«, machte er sich Mut und wartete darauf, dass KIRA die Nachricht abspielen würde. Doch nichts geschah. Also klickte er selbst darauf. Sofort zuckte er zusammen, denn seine Stimme erfüllte laut den ganzen Raum.

»Yo Nancy! Du glaubst es nicht! Ey, absolut mega! Mein Dad hat mich eben angerufen. Er schenkt mir 'nen Mustang zum 18. Stell dir mal vor, wie die anderen da staunen werden! Boah, ich bin so happy gerade! By the way, was wolltest du mir eigentlich sagen?«

Adrian erinnerte sich. Er war nach einem Shooting in Hafen City auf dem Weg zurück nach Hause gewesen. Den ganzen Tag lang hatte Nancy versucht, ihn zu erreichen, doch er hatte sie immer wieder weggedrückt – schließlich konnte er es sich nicht leisten, private Anrufe bei einem bezahlten Fototermin anzunehmen. Als er dann abends zu Hause angekommen war, hatte er ihr natürlich sofort von der Überraschung seines Dads erzählen wollen.

SIEH HIER: IHRE REAKTION.

Gebannt starrte Adrian auf den sich langsam verändernden Bildschirm. Wie sollte sie schon reagiert haben? Sie hatte sich bestimmt über die Nachricht gefreut. Immerhin würde er sie dann auch durch die Stadt kutschieren können. Nice *Yuma*-Bilder inklusive.

Auf dem Handy tauchte ihr vertrautes Gesicht auf. Adrian erkannte die Decke mit den pinken Blumen und das Harry Styles-Poster an der Wand. Er wusste, dass das ihr Kinderzimmer in der Altbauwohnung in Ohlsdorf war. Sie sah fix und fertig aus. Vermutlich hatte sie gerade seine Sprachnachricht abgehört und ... Aber weiter konnte Adrian nicht interpretieren, was geschehen war, denn Nancy sperrte sichtlich enttäuscht das Display ihres Handys.

Auch für ihn wurde der Screen schwarz, und er sah sich selbst durch die Spiegelung auf dem Handy in die Augen. Hatte Nancy sich doch nicht über seine krassen News gefreut?

Sekunde ...

Wie sollte er sich sicher sein, dass das Video genau von dem Tag stammte? KIRA könnte ihm schließlich irgendwelche Videos vorsetzen und nur behaupten, dass es sich um Nancys Reaktion handelte. Noch bevor Adrian Gelegenheit hatte, etwas zu sagen, meldete sich KIRA wieder zu Wort.

ADRIAN, ERKENNST DU DEINEN FEHLER?

»Hä? Was für einen Fehler?«, wollte Adrian wissen. Ungläubig starrte er an die Decke des Raums und suchte nach dem rot blinkenden Licht oder irgendeinem Hinweis darauf, dass KIRA ihn beobachtete.

DU SIEHST ALSO NICHT EIN, DASS DU FÜR NANCY HÄTTEST DA SEIN SOLLEN?

»Für sie da sein? Was ist denn überhaupt los? KIRA, ich schwör dir, hör jetzt auf mit dieser Fragerei und sag mir lieber, wo Nancy ist! Und wo sind die anderen hin?«

Bevor er weiterreden konnte, veränderte sich der Bildschirm des Handys wieder, und sein

Social-Media-Profil erschien. Der ordentliche Feed, die Tanzvideos und Reels.

»Wieso zeigst du mir das?«, fragte Adrian perplex und klickte auf sein zuletzt gepostetes Video.

Um ihn herum an den kahlen, glatten Wänden ploppten sofort überall Profilbilder von seinen Followern auf. Auch die von seinen Freunden waren unter ihnen. Irritiert starrte er die Bilder an. Das Michael-Jackson-Video verbreitete eine gute Stimmung. Irgendwie surreal, wenn man bedachte, dass er sich hier in Einzelhaft befand. Nach einer Weile veränderten sich die Bilder und KIRA begann, die ersten Kommentare unter dem Video vorzulesen.

SICKE MOVES, ADRIAN.

IHR SEID DER HAMMER, JUNGS.

KRANKE LOCATION. EINFACH GOALS, BRUDER.

»Ja, Mann! Das ist mein Profil, du Freak. Ich kenn die Kommis. Brauchst du mir nicht vorlesen!«

ADRIAN, BITTE WERDE NICHT AUSFALLEND.

Bevor er etwas entgegnen konnte, kippte die Stimmung schlagartig. Der Sound des Clips verstummte. Stattdessen bekam er nun unzählige weitere Kommentare an den Kopf geworfen. Dieses Mal waren sie wesentlich unangenehmer.

DER TYP IST SO WAS VON FAKE.

NICHT MAL TAKTGEFÜHL, DER ALTE.

HAHA, EY, ADRIAN IST SO EIN POSER, JEDES VIDEO VON DEM IST GLEICH – UND SEINE FRESSE ERST, DER SOLL LIEBER TANZEN ALS REDEN.

Die Worte machten Adrian wütend. Um ihn herum waren die Profilbilder verschwunden. An den Wänden prangten nun riesige Sprechblasen, die aussahen wie Poster mit fiesen Hate-Kommentaren.

JAHRHUNDERT-CLOWN.

NOCH NIE SO WAS TALENTFREIES GESEHEN.

GEH STERBEN!

»Ist gut jetzt!«, rief Adrian, aber KIRA ergriff erneut das Wort und textete ihn regelrecht mit dissenden Sprüchen und Schimpfwörtern zu.

Plötzlich lösten sich die Plakatsprechblasen von der Wand ab und flatterten wie Vögel durch den Raum. Nun war es nicht mehr nur KIRA, die zu ihm sprach. Unzählige Stimmen dröhnten auf Adrian ein, riefen wild durcheinander und beleidigten ihn. Einzelne Kommentare flogen sogar auf ihn zu.

Ohne zu verstehen, was hier vor sich ging, versuchte Adrian, sich zu ducken, um ihnen auszuweichen. Für einen Moment funktionierte das auch, doch es dauerte nicht lange, da traf ihn der erste Kommentar hart an der Schulter und riss ihn zu Boden.

»Hör auf mit der Scheiße!«, schrie er und fuchtelte wild mit den Armen.

Von allen Seiten prügelten die fliegenden Hate-Kommentare auf ihn ein. Das Chaos entwickelte sich zu regelrechten Hate-Schwärmen, die wieder und wieder auf Adrian zuflogen, wild durcheinander rauschten mit dem Ziel, ihn zu treffen und zu verletzen. Sich vor Schmerz krümmend, kauerte er auf den Boden.

»Scheiße, mach, dass dieser Albtraum aufhört!«, flehte er leise, aber er blieb dem ohrenbetäubenden Gelächter und den unüberhörbaren Schimpfwörtern hilflos ausgeliefert. Er hatte keine Wahl.

SO EIN BASTARD,
DER WICHSER KANN NICHTS.

»Hör auf, bitte!«, rief er und hielt sich schützend die Arme über den Kopf.

Dann legte sich der Sturm endlich, und Adrian blieb benommen auf dem Boden zurück. Eine ganze Weile hatte er gegen die in sich aufsteigenden Tränen angekämpft, doch nun konnte er sie nicht mehr aufhalten. Träne für Träne rann sein Gesicht hinab und tropfte auf den schwarzen Boden. Enttäuscht blickte er auf die Wände, auf denen nun wieder seine *Yuma*-Posts abgebildet waren.

»KIRA, was sollte das?«, fragte er in die Stille hinein.

ADRIAN,
ICH HABE DIE DATEN DEINER PRIVATEN
CHATS UND DIE INTERAKTIONEN DEINER
FOLLOWER UND FREUNDE AUSGEWERTET.
WAS DU EBEN GESEHEN HAST,
IST DAS ERGEBNIS
MEINER RECHERCHE.

»Heißt das, die Mehrheit meiner Follower mag mich überhaupt nicht?«, fragte Adrian kleinlaut.

VIELLEICHT SOLLTEST DU MAL EINEN BLICK HIERAUF WERFEN.

Sofort verschwanden die Bilder, Videos und Kommentare seines Profils. Dafür zierten nun einige Chatverläufe die Wände um ihn herum.
Skeptisch begann Adrian zu lesen.

Dustin: Yo Bro, ist alles gut verlaufen?

Luke: Ging so, mein Alter ist einfach ein Vollidiot.

Dustin: Warum, was passiert?

Luke: Ist nicht aufgetaucht …

Dustin: Scheiße, ey … Musstest du trotzdem den Gerichtstypen bezahlen?

Luke: Ja. Hab die Uhr von Ad gestern auf'm Kiez bei Luzi eingetauscht.

Dustin: Luke, Mann, das tut mir echt leid. Aber sag Ad nicht, dass du die Uhr abgezockt hast, ja?

Luke: Mir geht's gut, Bro. Ist einfach so. Und Ad soll sich endlich mal entspannen, den juckt das doch nicht, wenn eine von

seinen fünf Uhren fehlt, ey. Soll er sich
halt 'ne neue von seinen ach so wichtigen
Shootings gönnen.

Hatte Luke wirklich seine geliebte Uhr verkloppt?
Nicht nur, dass er sie gestohlen hatte, nein, er hatte
sie auch noch *verkauft*?

»Tickt der Junge nicht mehr ganz richtig?«, zischte
Adrian. Natürlich würde er Luke sofort zur Rede stellen, sobald er hier raus war. So ein Verhalten würde
er echt nicht tolerieren.

ES GIBT NOCH MEHR.

»Na, da bin ich ja mal gespannt«, seufzte Adrian und
wischte sich die restlichen Tränen aus dem Gesicht.

Neil: Diggi, was läuft?
Du, hey, sag mal, kann ich dich um 'nen
Gefallen bitten?

Dustin: Klar Bruder, was gibt's?

Neil: Ich starte ja gerade meine eigene
Social Career und wollte dich fragen, ob
du vielleicht – also echt nur, wenn du Zeit
hast – den Kamera-Dude machen könntest.
So ein-, zweimal?

Dustin: Easy, Bruder! Aber hey, sag mal,
weiß Ad davon?

Neil: Ne ... Der reagiert ja nie und hört
sowieso nicht zu. Kann ihm auch egal sein.

Hab langsam keinen Bock mehr, seinen Hampelmann zu spielen.

> ***Dustin:*** Versteh ich ... Aber ich will da nicht zwischen euch stehen, ja? Ich mach das für dich, weil ich dich super finde und Nancy dich auch echt mag und so.

Neil: Danke, Dustin, bist echt der Beste!

»Was? Hampelmann? Willst du mich triggern, Digga?« Adrian konnte es nicht fassen. Er lief hektisch auf und ab und fluchte dabei. »Will der mich eigentlich verarschen? Was erlaubt sich der Typ eigentlich? Ich? Nicht zuhören? Junge, ich schwöre, der braucht gar nicht mehr bei einem meiner Videos mitmachen, ey. Ich zieh den doch sogar noch mit! Mann, ey.«

ADRIAN, BITTE BERUHIGE DICH.

»Ich soll mich beruhigen? Leck mich doch! Was glauben die eigentlich, wer die sind? Ich habe alles für die gemacht! Was für Freunde reden bitte so hinter meinem Rücken über mich? Ne, Mann, ich bin fertig mit denen.«

Wutentbrannt stapfte Adrian zurück zum Tisch und trat mit voller Wucht gegen den Stuhl, sodass dieser einmal quer durch den Raum flog.

ADRIAN. DUSTIN HAT DIR, GLAUBE ICH, ETWAS ZU SAGEN.

An der langen Wand gegenüber erschien plötzlich

ein Video von Dustin. Er saß gefesselt auf einem Drehstuhl und Adrian konnte sehen, wie er zitterte.

»Dustin! Hörst du mich?«, schrie er und lief energisch auf das Bild zu.

Wieso war er gefesselt? Und wo war er nur?

»Was macht ihr mit ihm?«

KIRA gab ihm keine Antwort. Stattdessen musste Adrian dabei zusehen, wie eine junge Frau, ganz in weiß gekleidet und mit straff nach hinten gebundenen Haaren, um Dustin herumlief und sich mit einer Tüte Chips auf den Stuhl neben ihm setzte. Fassungslos lauschte Adrian ihrem Gespräch.

KAPITEL 9

DUSTIN

Seine Handgelenke schmerzten, und Dustin sah sich verzweifelt im Raum um. Die Kabelbinder, mit denen diese Leute ihn an den Stuhl gefesselt hatten, schnitten ihm schmerzhaft in die Haut.

Wo zum Teufel war er? Und wo waren seine Freunde?

Um ihn herum standen Menschen in weißen Kitteln vor Bildschirmen. Das surrende Geräusch, das in der Luft lag, erkannte Dustin sofort. So klangen Rechner, die schon eine Weile auf hoher Leistung liefen und lange nicht mehr heruntergefahren worden waren. Wie sein PC, wenn er mal wieder die ganze Nacht durch mit Luke Minecraft gezockt hatte.

Der komische Typ, der sie begrüßt hatte, war ebenfalls mit von der Partie und hämmerte wie wild in die Tasten. Vor ihm war eine große Leinwand, auf der fünf Felder zu sehen waren. Darin erkannte Dustin Diagramme, Frequenzen und Tabellen. Vitalwerte? Vier davon waren rot und über ihnen stand in großen Buchstaben *WARNUNG*.

Nur ein einziger war grün und – jetzt verstand er es! Die Werte dort stammten von seinen Freunden. Links über den Diagrammen standen kaum lesbar ihre Namen. Nur bei seinem eigenen war alles in Ordnung. Doch sobald er das realisierte, konnte er dabei zusehen, wie sich seine Herzfrequenz erhöhte. Er bekam Panik.

Was war hier los?

»Na, da hast du sie ja in eine ganz schön missliche Lage gebracht, was?«, bemerkte eine Frau, die sich plötzlich neben ihn setzte, und schob sich eine Ladung Chips in den Mund.

Chips? Ernsthaft?

»Du fühlst dich bestimmt verantwortlich dafür.«

»Verantwortlich? Wieso? Was habe ich denn getan?«, stammelte Dustin. Sein Blick fiel auf den Anstecker, den die Frau an ihrem weißen Blazer befestigt hatte. Auf ihm stand in kleinen, schwarzen Buchstaben *Dr. Iris Baum*.

»Nun, deine Freunde befinden sich in einer gefährlichen Lage. Und das nur, weil du nicht durchhalten konntest und den Strom auf sie umgeleitet hast. Das macht man doch nicht, mein Lieber. Das war wirklich egoistisch von dir, findest du nicht?«

Hilflos sah Dustin sich um. Was wollte diese Frau nur von ihm?

»Aber ...«

»Nein, Dustin, sag am besten nichts mehr. Ein Feigling wie du sollte nicht so viel reden.«

»Aber ich habe doch gar nicht ...« Wut stieg in ihm auf. »Adrian hat uns doch hierhergeschleppt. Nicht ich. Wenn überhaupt ist er an allem schuld.«

»Sieh an, du kannst dich ja richtig verteidigen. Aber wenn das so ist, dann erlaubst du mir doch sicher die Frage, wieso ihr alle mit ihm mitgegangen seid, wenn ihr ihn doch so sehr verabscheut.«

»Aber wir ... Wir verabscheuen ihn doch nicht«, stotterte Dustin.

Dr. Iris Baum zog die Augenbrauen hoch. »Da sagen eure Nachrichten aber was anderes.«

Auf der Leinwand vor ihm ploppten Chatverläufe auf. »Adrian ist ein ganz schöner Vollidiot geworden. Er checkt null, könnte ihn manchmal umbringen!«, las Iris laut vor. »Das sind ganz schön harte Worte, meinst du nicht?«

Dustin erkannte die Nachrichten. Das hatte Nancy ihm geschrieben, nachdem Adrian sie mal wieder versetzt hatte.

»Nun, Dustin, wenn du sagst, Adrian hat euch überredet, hier mitzumachen. Was genau meinst du damit?«, fragte die Frau streng.

Die Angst, sie anzulügen, war zu groß. Wer wusste schon, was sie ihm antun würde, wenn er nicht die Wahrheit sagte? Immerhin konnte sie seinen Puls und seine Vitalwerte direkt auf dem Monitor verfolgen.

Also sprudelte es nur so aus Dustin heraus: »Adrian wollte unbedingt dieses Spiel da gewinnen, um Follower dazuzubekommen. Glaube, er hat uns einfach nur gebraucht, um die Teilnehmerzahl zu erfüllen. Als er es in der ersten Aufgabe verkackt und Kai uns vom 24-Stunden-Spiel erzählt hat, hat Adrian sofort zugesagt, ohne uns auch nur einmal zu fragen. Ich meine, Adrian trifft immer die Entscheidungen für uns als Gruppe, aber das heißt nicht, dass die immer so gut sind … Wenn Sie mich fragen, dann sollte er öfter auch mal auf uns hören, und wir sollten Entscheidungen gemeinsam treffen.« Ihm war klar, dass er ihr gerade alles verriet, doch die Angst ließ ihn einfach weiterplappern. »Wissen Sie, Adrian macht immer gern auf cool und allwissend. Dabei ist er eigentlich nicht so schlau, wie er tut. Hinter seinem Rücken reden wir auch öfter über ihn. Das ist nicht cool von uns, das weiß ich, und das tut mir jetzt auch total leid, aber Adrian ist es komplett egal, was mit uns ist. Ich meine, zum Beispiel mit Nancy -«

»Danke, Dustin, du hast uns sehr geholfen«, unterbrach die Frau ihn und bot ihm die Chipstüte an. »Sag mal, würdest du dich eigentlich umbringen? Also, ich meine, wenn du einen deiner Freunde auf dem Gewissen hättest zum Beispiel.«

Fassungslos starrte Dustin sie an. Was hatte sie gerade gesagt? Ob er sich umbringen würde? Aber wieso? Hatte er seine Freunde etwa auf dem Gewissen? Oder wie meinte sie das?

KAPITEL 10

ADRIAN

Wie bitte? Sich umbringen? Verabscheuen? Was redete diese Frau da, und was zum Teufel laberte Dustin von wegen Adrian wäre an allem schuld?

Gebannt starrte Adrian weiter auf die Wand, doch mit der Übertragung schien etwas nicht zu stimmen. Das Bild hatte sich aufgehängt und ruckelte immer wieder. Auch der Ton war plötzlich weg und er konnte nicht mehr verstehen, was die Frau zu Dustin sagte. Und dort, rechts hinter ihr, saß auch dieser komische Typ vom Anfang.

Ich wusste, mit dem stimmt was nicht.

Im nächsten Moment war das Bild auf der Wand ganz verschwunden.

»Hey, hey, was soll das?«, rief Adrian entrüstet.

Das konnten die doch nicht machen! Und was sollte das von Dustin? Dass er ein Feigling war, wusste Adrian, aber wieso erzählte er so eine Scheiße über ihn?

Offenbar sind meine Freunde wohl nichts anderes als kleine, undankbare Honks ... Oder liegt es vielleicht an mir? Hab ich mich so sehr verändert?

Seufzend lehnte er sich an eine Wand und ließ sich auf den Boden gleiten.

Damals, als er am Anfang seiner Social-Media-Karriere gestanden und einfach aus einer Laune heraus auf dem Schulhof einen Clip von seinen Tanzmoves aufgenommen und gepostet hatte, war alles entspannter gewesen. Erst mit dem Video zu Halloween war der Durchbruch gekommen – und der Stress.

Adrian hatte es sich in den Kopf gesetzt, einen eigenen Kurzfilm zu drehen. Auf der damals noch relativ neuen Social-Media-Plattform *Yuma* hatte er einen Musiker entdeckt, der die Klassiker seines Idols Michael mit modernen Charts remixte. Im ersten Moment hatte er es furchtbar und absolut unpassend gefunden, die brillanten Songs des King of Pop so zu verunstalten, doch je länger er ihn gestreamt hatte, desto besser fand er es.

Wochenlang hatte er nach einem passenden Thema gesucht, die richtigen Leute gecastet und zusammen mit Neil und Dustin ein Konzept erarbeitet. Entstanden war schließlich ein sieben Minuten langes Remake von Michael Jacksons *Thriller*-Musikvideo.

Sogar Nancy hatte neben ihm die Hauptrolle gespielt. Das war für ihn der Moment gewesen, in dem er gewusst hatte, dass diese Frau seine Leidenschaft nicht nur verstand, sondern auch aus vollem Herzen unterstützte.

Die Klicks waren durch die Decke gegangen. Schlagartig war er auf Social Media als »Little MJ« gefeiert und zum *Yuma*-Star geworden.

Doch je mehr er sich mit seiner Karriere beschäftigt hatte, desto weniger Zeit und Aufmerksamkeit hatte er Nancy schenken können.

Adrian spürte, dass sie sich immer mehr von ihm entfernt hatte, und das wollte er nicht. Er dachte über das Spiel mit dem Strom und KIRAs Frage nach. Wieso hatte sie ihm unterstellt, er würde Nancy nicht mehr lieben? Natürlich tat er das.

»Adrian? Adrian, bist du da?« Nancys Stimme hallte durch den Raum und holte ihn zurück in die Realität.

»Oh, Nancy, zum Glück bist du da!«, rief er und sprang auf, um nach dem Handy zu greifen, das immer noch auf dem Tisch in der Mitte des Raumes lag. »Nancy, es tut mir so leid, dass ich so ein Idiot war. Du bist die Einzige, die immer ehrlich zu mir war und, ey, es tut mir echt leid, wie ich mich benommen hab … Was wolltest du mir neulich sagen?«

Gebannt starrte er auf das Handy. Der Chat mit ihr war immer noch geöffnet. Hastig tippte er *Es tut mir so leid!* und schickte die Nachricht ab. Seine Entschuldigung stand nun schwarz auf weiß im Chat.

Adrian sah, wie unter Nancys Name oben der Status *schreibt …* aufploppte. Ungeduldig starrte er auf das Handy. Wieso tippte sie so lange? Was war los?

Dann erschien die Nachricht »Du möchtest wissen …« auf dem Bildschirm. Wieder schrieb Nancy.

»Komm schon, Nance, sag mir, was los war«, murmelte Adrian angespannt.

Im nächsten Moment wurde der Screen schwarz.

»Was? Nancy?« Er hämmerte aufs Display, plötzlich von Panik erfüllt. »Nancy?«

**DU MÖCHTEST WISSEN,
WAS SIE DIR SAGEN WOLLTE?**

»KIRA, verdammt! Lass endlich diese Spielchen und bring mich zu meiner Freundin!«

Er musste wissen, was mit Nancy passiert war. Das Handy vibrierte, und ein Videofenster öffnete sich. Dort war Luke zu sehen, der umgeben von unendlich viel Sand reglos auf dem Boden lag.

KAPITEL 11

LUKE

Luke schmeckte Sand. Irritiert öffnete er seine Augen. Das gleißende Licht blendete ihn, weshalb er sich schnell eine Hand vors Gesicht hielt. Es war heiß, übertrieben heiß. Er brauchte einen Moment, um mit der Helligkeit klarzukommen.

Wo zum Teufel war er?

Langsam richtete er sich auf und klopfte sich den Staub aus den Klamotten. Um ihn herum war nichts als Sand.

»Dustin?«, rief Luke verzweifelt. »Nancy? Neil? Scheiße, wo seid ihr?«

Keine Antwort.

Wütend riss er sich den Pulli vom Leib und pfefferte ihn in die nächste Düne. Danach ließ er sich hilflos zurück in den Sand fallen. Tränen stiegen ihm in die Augen.

Nein, er würde jetzt nicht wie ein Baby flennend im Sandkasten sitzen. Diesen Triumph wollte er diesen kranken Typen beim besten Willen nicht gönnen. Also sammelte er sich.

Worauf hatte er sich da nur eingelassen? War nicht er derjenige gewesen, der seine Bedenken gegenüber dem Spiel mehr als nur einmal geäußert hatte? Und nun? Ja, jetzt hatte er den Salat.

Adrian, wenn ich dich erwische, dann ...

An seiner Stirn rann der Schweiß herunter. Er brauchte dringend etwas, um sich vor der Sonne zu schützen. Mit der Handfläche versuchte er, seinen Augen etwas Schatten zu spenden, während er sich umsah. Nichts. Weit und breit nichts außer Sand.

Schnell wandte er sich nach allen Seiten um und suchte seinen Pulli.

Wo ist das Ding, ich hab es doch gerade noch ... Ah, hier. Sobald er ihn hatte, band er ihn sich wie einen Turban um den Kopf. *Wenigstens etwas.*

Ein-, zweimal atmete er tief durch, ehe er losmarschierte. Irgendwo musste es ja einen Ausgang aus dieser sandigen Hölle geben. Er war schließlich in einem Studio. Die hatten ihn sicherlich nicht mal eben kurz in die Sahara geflogen. Oder etwa doch?

Anhand der Sonne versuchte er herauszufinden, in welche Richtung er gehen musste. Geografie war nie seine Stärke gewesen, aber versuchen konnte er es trotzdem. Erfolglos. Er zuckte mit den Schultern und entschied sich, nach Osten zu gehen. Zumindest dachte er, dass es Osten war.

Es dauerte nicht lange, bis Lukes Füße schwerer wurden. Die Sonne brannte auf ihn herab, und weit und breit war kein Ausgang zu sehen. Sein Kopf dröhnte. In seinen Ohren hallten immer wieder die Worte seiner Freunde wider.

Würden sie ihn wirklich in einem brennenden Haus zurücklassen? Würden sie das tun?

Er wusste, dass es falsch gewesen war, die Uhr zu klauen, ja. Aber er hatte sie gebraucht, dringender als Adrian, der mit Sicherheit noch mindestens vier andere zu Hause rumliegen hatte.

So hatte Luke zumindest seine Schulbücher für das aktuelle Halbjahr bezahlen können und einen Teil des

Honorars des Gerichtstypen. Da er ihn engagiert hatte, um ihm zu helfen, musste er das, denn das Gericht selbst übernahm nur die Kosten für die Verhandlung.

»Aua!« In Gedanken versunken hatte er den großen Stein am Boden nicht gesehen und stolperte. Der Sand war so heiß, dass er sich beim Aufprall die Hände verbrannte.

»Verdammt! Nicht das noch …« Sein T-Shirt war nass geschwitzt, seine Schultern brannten und begannen, rot zu werden. Sonnenbrand. Dazu fühlte sich sein Mund staubig und trocken an, und seine Kehle schmerzte. Luke brauchte Wasser. Dringend.

Plötzlich erklang eine vertraute Stimme.

**LUKE, SAG MAL.
WÜRDEST DU JEMANDEM AUS DER GRUPPE
FÜR EINE WASSERFLASCHE DEN ARM
BRECHEN?**

Das gleißende Licht spielte ihm wohl Streiche. Was hatte diese Verrückte da eben gesagt? Jemandem für eine Wasserflasche den Arm brechen? Luke zögerte.

»Na ja, mir würde da schon jemand einfallen«, antwortete er schnippisch. »Adrian, der Vollpfosten, hätte es verdient. Immerhin bin ich nur wegen ihm und seiner Entscheidung hier!«

Wind kam auf, und der Sand wirbelte über die Dünen. Panisch versuchte Luke sein Gesicht zu bedecken, um nicht noch mehr davon in den Mund zu bekommen. Doch so schnell, wie der Wind gekommen war, legte er sich auch wieder.

Luke blinzelte vorsichtig unter seinem provisorischen Turban hervor und konnte seinen Augen kaum trauen. Vor ihm lugte ein silberner Deckel aus einer Sanddüne hervor. Eilig ging er zu ihm und grub eine ganze Flasche Wasser aus.

»Voll krass! Danke, KIRA!«, rief er, öffnete gierig den Verschluss und trank, so schnell er konnte.

Das kühle Nass rauschte seine Kehle hinab. Noch nie hatte er sich so sehr über ein paar Schlucke Wasser gefreut. Dann rappelte er sich wieder auf.

»KIRA, wie komme ich hier raus?«

Keine Reaktion.

»Hey, KIRA, ich rede mit dir!«

Wieder antwortete sie nicht. Es blieb ihm also nichts anderes übrig, als weiter nach einem Ausgang zu suchen.

Wo waren nur seine Freunde? Falls er sie überhaupt noch so nennen konnte, denn immerhin würden sie ihn in einem brennenden Haus sterben lassen.

Es kam Luke vor, als würde er bereits seit Stunden ziellos umherirren. Die kläglichen Grasflächen, die vor ihm auftauchten, kamen ihm bekannt vor. War er hier nicht schon einmal vorbeigekommen?

Verzweifelt versucht er, die letzten Tropfen Wasser aus der Flasche zu schütteln, als er im Augenwinkel etwas erspähte. Ungläubig drehte er sich danach um. Konnte das wahr sein? Oder war das eine dieser Fata Morganas, von denen Menschen sprachen, die tagelang in der Wüste umhergeirrt waren? Spielte sein Hirn ihm Streiche?

Langsam ging Luke darauf zu. Als er näherkam, erkannte er, dass es tatsächlich ein Brunnen war. Echt, aus Stein und wirklich da.

Luke stieß einen Freudenschrei aus. Eilig überbrückte er die letzten Meter. Als er dort ankam, entdeckte er einen Eimer, der an einem Strick baumelte. Hoffnungsvoll nahm er einen Stein vom Boden und warf ihn hinab in den Schacht. Er fiel und fiel, bis nach einiger Zeit ein Platschen ertönte. Tatsächlich. Da unten in der Tiefe war Wasser.

Eilig ließ Luke den Eimer hinunter und begann anschließend, ihn wieder hinaufzuziehen. Nur war er mit dem Wasser unheimlich schwer. Mit aller Kraft zerrte er am Seil, doch es wollte nicht klappen. Als wäre in dem Eimer kein Wasser, sondern Steine.

»Komm schon!«, knurrte Luke verzweifelt und stemmte sich mit seinem ganzen Gewicht dagegen. »Ah! Scheiße!« Das Seil rutschte ihm weg und riss ihm die Handflächen auf. Blut sammelte sich auf seiner Haut, und Luke trat wütend gegen den Brunnen. »So ein Mist! KIRA, was soll das?«

Würde er hier verdursten?

Er musste sich zusammenreißen. Erneut packte er das Seil und zog es nur ein bisschen an, aber die Schmerzen waren so groß, dass er sofort wieder losließ. Seine Augen füllten sich mit Tränen, und Luke ließ sich langsam am Brunnen hinabsinken. Er blickte auf seine Hände. Sie sahen schaurig aus. Da hörte er erneut KIRAs Stimme.

**LASS MICH DIR WIEDER HELFEN.
WÜRDEST DU MIR EIN GROSSES GEHEIMNIS
DEINER BESTEN FREUNDE VERRATEN?**

Luke wusste nicht, was er antworten sollte. Ja, seine Hände schmerzten und er wünschte sich nichts sehnlicher, als etwas zu trinken, aber Geheimnisse verraten? *Nie und Nimmer.*

»Vergiss es! Ich brauch keine Hilfe!«, keifte er KIRA

an. Wütend sprang er auf und packte erneut das Seil. Nur einen Schluck Wasser, nur einen. Das musste doch zu schaffen sein. Er schrie vor Schmerzen, ließ allerdings nicht los. Zug für Zug. Für Zug. Für Zug. Mit letzter Kraft versuchte er, das Seil an sein Bein zu binden, um wenigstens kurz verschnaufen zu können, doch der Knoten löste sich sofort wieder, und der Eimer stürzte erneut hinab in die Tiefe.

»Nein! Verdammt noch mal, wieso klappt das nicht?«, schrie Luke.

Einen Moment dachte er darüber nach, ob er KIRA nicht doch etwas über seine Freunde verraten sollte. Schließlich war das seine einzige Möglichkeit, an Wasser oder gar hier rauszukommen …

Prüfend griff er nach der Wasserflasche, die er neben dem Brunnen abgestellt hatte, und versuchte erneut, die letzten Tropfen mit der Zunge aufzufangen. Doch sie war wirklich leer. Seufzend wandte er sich an KIRA. »Ok, was willst du wissen?«

WAS IST DAS GRÖSSTE GEHEIMNIS VON NEIL?

KIRAs Worte hallten in Lukes Kopf nach. Er überlegte angestrengt. Da gab es schon etwas, das er ihr sagen könnte … Aber es könnte womöglich alles verändern und nicht nur Neil in eine missliche Lage bringen.

Nur – hatte er denn eine Wahl? Oder konnte er KIRA vielleicht sogar anlügen? Was, wenn sie ihn dann aber wieder bestrafen und für immer in dieser Wüste gefangen halten würde? Er brauchte Hilfe. Dringend.

Also begann er zu erzählen: »Vor ein paar Wochen – ich war auf dem Weg zur Therapiestunde mit meinem Dad im Klinikum – habe ich Nancy und Neil auf der Bank im Krankenhauspark sitzen sehen. Ich bin stehen geblieben und wollte eigentlich kurz Hallo sagen, aber dann … Dann hat Neil Nancy plötzlich geküsst. Keine Ahnung, wieso er das gemacht hat. Hab mich schon gewundert, warum die beiden im Krankenhaus waren -«

DANKE LUKE, DU HAST MIR SEHR GEHOLFEN. ICH HALTE MEIN WORT. HIER IST DEIN AUSWEG.

Wieder kam dieser unheimliche Wind auf. Luke bedeckte sein Gesicht mit den Händen und kauerte sich an die Mauer des Brunnens. Sobald der Sturm vorüber war, sah er nur ein paar Meter vor sich entfernt eine Falltür. Konnte das …? Ja, das musste es sein! KIRA hatte ihr Wort gehalten, das war seine Rettung. Das musste der Weg nach draußen sein.

KAPITEL 12

ADRIAN

»Was? Neil hat Nancy geküsst?«

Das reichte. Wutentbrannt sprang Adrian auf, pfefferte das Handy auf den Tisch, nahm den Stuhl und schleuderte ihn durch den Raum. Krachend zerbrach er an der kalten Steinmauer.

»Was erlaubt sich der Typ, hm?«, schrie er KIRA an. »Ohne Scheiß, wenn ich den Pfosten in die Finger bekomme, dann garantier ich für nichts mehr. Das ist meine Freundin, Mann!«

Fassungslos tigerte Adrian durch den Raum. Wie konnte Neil ihm das nur antun? Was laberte Luke überhaupt? Nancy würde ihn doch nie …

Allein der Gedanke ließ Adrian frösteln.

Nein, nein, Nancy würde ihn niemals betrügen. Wieso sollte sie? Und vor allem: ausgerechnet mit Neil? Mit einem der *Elevator-Boys*, okay … Gegen die kam Adrian auch nicht an, das wusste er, aber Neil? Nein. Er war doch sein bester Freund! Hatte Luke überhaupt die Wahrheit gesagt?

Nein, er musste gelogen haben!

**BERUHIGE DICH.
DU SOLLTEST DIR NOCH ETWAS ANSEHEN,
BEVOR DU DEIN URTEIL FÄLLST.**

»Ach ja? Was kommt als nächstes?«, fuhr Adrian KIRA an. »Echt, mir reichts! Lass mich sofort hier raus!«

Der Bildschirm des Handys flimmerte, und plötzlich waren Nancy und Neil auf dem Display zu sehen.

»Tragen die da etwa Raumanzüge?«, fragte Adrian ungläubig. »Ey, ihr habt die jetzt nicht ernsthaft auf den Mond gebeamt, oder?«

KAPITEL 13

NANCY

Nancy öffnete die Augen und schaute in einen klaren, dunkelblauen, wunderschönen Sternenhimmel. Er war anders als der, den sie gern von ihrem Bett aus beobachtete. Irgendwie greifbarer, intensiver und noch leuchtender.

Tief atmete sie ein und wieder aus, doch auf einmal beschlug ihre Sicht. Überrascht fasste sie sich an den Kopf und spürte einen harten Widerstand, ertastete einen Helm. Wo war sie hier? Wieso trug sie einen Helm und …

In diesem Moment fiel ihr Blick auf ihre Hände, und sie erschrak. Sie trug dicke, weiße Handschuhe. Allgemein konnte sie sich nur mühsam bewegen. Den Atem anhaltend sah sie an sich herunter, realisierte, dass sie in einem Raumanzug steckte.

Mit Mühe schaffte sie es aufzustehen. Um sie herum erstreckte sich eine endlose Landschaft aus kaltem Stein und Kratern.

Was war hier los? War sie allein?

Hilflos sah sie sich nach allen Seiten um. Etwa zehn Meter entfernt lag noch jemand, der ebenfalls einen Raumanzug trug. War das Adrian? Oder Dustin?

Nancy ging ein paar Schritte auf die Person zu, aber kurz bevor sie sie erreichte, stoppte sie. Irgendetwas hielt sie zurück. Ihr Blick fiel auf ihren Fuß. Um ihren Knöchel war eine dicke Eisenkette gebunden, die scheinbar ins Nirgendwo führte.

Plötzlich richtete die Person vor ihr sich auf. Nancy hörte, wie sie tief Luft holte. Fast so, als wäre sie nach einem langen Tauchgang wieder an die rettende Oberfläche gekommen. Es war Neil.

»Neil? Alles in Ordnung?«, fragte Nancy. Zur Antwort hob er die Hand und gab ihr ein Thumbs-up.

Alles ok. Nancy atmete auf, und die beiden sahen sich einen Moment lang an. Dann wandte sie sich schnell ab. Sie wollte ihn nicht anstarren. Immerhin war sie seit dem Tag im Krankenhaus nicht mehr allein mit Neil in einem Raum gewesen. Angestrengt starrte sie auf die atemberaubende Sternenkulisse.

»Wo sind wir?«, fragte sie dann, in der Hoffnung, dass KIRA oder sonst jemand sie hören und antworten würde.

»Ich glaub, ich weiß es.«

Als sie sich wieder zu Neil umdrehte, sah sie, wie er auf etwas zeigte. Am Rand des Kraters, in dem sie standen, hatte sie freie Sicht auf die endlosen Weiten des Universums. Und jetzt entdeckte sie auch die blaue Kugel in der Ferne.

»Sind wir auf dem Mond?«, fragte sie entsetzt und sah sich um.

Neil taumelte ein paar Schritte zurück und begann plötzlich zu husten. Hastig wollte Nancy ihm zur Hilfe eilen, doch die Eisenkette um ihren Fuß hielt sie zurück. Panisch begann Neil, mit den Händen in der Luft herumzufuchteln.

»Ich hab gleich keinen Sauerstoff mehr«, keuchte er.

HALLO IHR BEIDEN, WILLKOMMEN ZU EUREM NÄCHSTEN SPIEL.

**IHR HABT DAS PROBLEM ERKANNT?
EURE AUFGABE IST ES, FÜR ZWANZIG
MINUTEN ZU ÜBERLEBEN. IN EURER
UNMITTELBAREN UMGEBUNG FINDET IHR
ALLES, WAS IHR DAFÜR BRAUCHT.«**

Nancy sah sich hilflos nach allen Seiten um und ließ sich zu Boden fallen, während auch sie spürte, dass sie nur schlecht Luft bekam. Was hatte KIRA gesagt? In ihrer Umgebung sollten sie alles finden, was sie brauchten?

»Schnell! Such nach Hinweisen!«, rief Neil.

Panisch suchte Nancy im Sand, und auch er krabbelte auf einen der Krater und grub im Staub. Wenn sie nicht schleunigst eine Lösung fanden, war's das.

Auf einmal ertastete Nancy etwas Weiches, Gummiartiges im Sand. Sie grub tiefer, und zum Vorschein kam eine Art Schlauch. Blitzschnell kombinierte sie und suchte ihren Raumanzug nach Anschlussstellen ab. Das musste die Verbindung sein. Jetzt brauchten sie nur noch eine Sauerstoffflasche.

**EURE SAUERSTOFFTANKS LIEGEN BEI FÜNF
PROZENT.**

Hektisch suchten die beiden weiter, bis schließlich schien auch Neil etwas gefunden zu haben schien.

»Neil, beeil dich!«, hauchte Nancy. Sie spürte, wie ihr Sauerstoff immer schneller zur Neige ging. Das Atmen fiel ihr schwer, und ihre Sicht wurde schwächer. Sie versuchte, sich auf Neils Stimme zu konzentrieren.

»Nancy! Mach die Augen auf, los! Ich ... Ich hab sie gefunden!«

GLÜCKWUNSCH, NEIL. DU HAST DIE SAUERSTOFFFLASCHE GEFUNDEN. DOCH DENK DARAN: DER SAUERSTOFF WIRD NUR FÜR EINEN VON EUCH REICHEN.

ENTSCHEIDE DICH JETZT.

O nein ... Meint KIRA das ernst? Die können uns hier doch nicht einfach sterben lassen?

Nur noch verschwommen sah Nancy, wie Neil die Flasche mit großem Aufdruck – irgendwas mit *OGYGEN* – in der Hand hielt und zu ihr blickte. Erschöpfung übermannte Nancy. Sie konnte die Augen nicht mehr länger aufhalten und sank zu Boden.

Worauf hatte sie sich nur eingelassen? Hätte sie sich heute Morgen doch nur dafür entschieden, nicht zu Adrians blödem Escape-Room-Abenteuer zu kommen. Seit sie hier waren, lief alles schief. Sie wurden gefoltert, voneinander getrennt und ...

Etwas Hartes landete neben ihr im Staub.

»Nancy! Schnell! Du musst nach der Flasche greifen! Ich lass dich nicht sterben!«

Sie öffnete ihre Augen. Mit letzter Kraft zog sie den Sauerstoff zu sich heran und versuchte verzweifelt, den Schlauch an der Flasche zu befestigen. Es wollte einfach nicht klappen.

Na los doch. Das muss einfach halten.

Endlich rastete der Stecker ein, und Nancy nahm ein paar tiefe Atemzüge. Luft strömte in ihre Lunge, und sie spürte das belebende Gefühl in jeder Zelle ihres Körpers.

DEIN INDIVIDUELLER SAUERSTOFF WURDE ERHÖHT.

DU HAST ZWEI WEITERE MINUTEN GEWONNEN.

Ohne nachzudenken, warf Nancy die Flasche mit dem Schlauch schnell zurück zu Neil, der sie hektisch an seinem Anzug befestigte. Dann nahm auch er einen tiefen Atemzug.

**DEIN INDIVIDUELLER SAUERSTOFF WURDE ERHÖHT.
DU HAST ZWEI WEITERE MINUTEN GEWONNEN.**

**WARNUNG:
DER SAUERSTOFF WIRD NICHT FÜR EUCH BEIDE REICHEN. BITTE TREFFT EINE ENTSCHEIDUNG.**

»Es muss noch eine weitere Flasche geben, da bin ich sicher!«, rief Nancy und griff nach einem Stein. Hektisch schlug sie damit auf die Eisenkette an ihrem Fuß ein, versuchte, sich zu befreien, um weitersuchen zu können. *Komm schon!*

»Nancy, nein! Hör auf!«, rief Neil ihr zu.

Panisch ließ sie den Stein fallen und grub weiter im Sand.

SAUERSTOFFGEHALT BEI DREI PROZENT.

KIRAs Stimme hallte bedrohlich durch den Raum. Nichts. Hier gab es nichts mehr.

Langsam dämmerte es Nancy. KIRA hatte recht gehabt. Sie hatten ihre Chance zu überleben vertan, als sie sich dazu entschieden hatten, beide einen Zug aus der Flasche zu nehmen. Das war's. Sie würden sterben.

SAUERSTOFFGEHALT BEI ZWEI PROZENT.

»Bitte hör mir zu«, stammelte Neil. »Ich lass dich nicht sterben!«

Nancy begann zu schluchzen. »Neil, kapierst du das nicht? Wir werden *beide* sterben!«

»Ich weiß, aber ich muss dir noch was sagen! Das mit dem Kuss -«

»Ich dachte, das Thema sei abgehakt«, unterbrach ihn Nancy sofort.

»Nicht für mich. Nimm den restlichen Sauerstoff, na los!«

Sie schüttelte den Kopf. Das wollte sie nicht. Schließlich war sie es damals gewesen, die ihn geküsst hatte. Sie erinnerte sich genau an den Tag. Wie könnte sie ihn auch vergessen? Ihre Mutter war am Morgen gestorben. Sie hatte niemandem davon erzählt, dass sie krank gewesen war – nicht einmal Adrian.

Immer wieder hatte sie sich Ausreden einfallen lassen, weshalb sie nicht zu seinen Choreo-Proben oder mit Dustin und seiner Mum auf den Dom gehen konnte.

Das musste KIRA vorhin gemeint haben, als sie sie gefragt hatte, ob sie ihre Freunde wochenlang angelogen hatte. Aber sie hatte sich nicht getraut, etwas zu sagen. Immerhin hatten die anderen selbst viel zu viel um die Ohren. Von Dustin wusste sie, dass Luke und sein Dad Probleme hatten, und auch Dustin half öfter seiner seit Kurzem gehörlosen Mutter.

Und Adrian ... Adrian war an dem Tag, an dem

ihre Mom gestorben war, mal wieder nicht erreichbar gewesen.

Ihr Vater konnte es kaum erwarten, das Krankenhaus endlich zu verlassen, während Nancy wie versteinert am Bett saß und auf die eiskalte Hand ihrer Mutter starrte. Sie hatte keine Ahnung, wie es jetzt weitergehen sollte.

Und genau in diesem Moment, als wäre es Schicksal, vibrierte ihr Handy, und eine Nachricht von Neil wurde angezeigt.

»Lust auf Eis?«, fragte er, und ein Eisbecher Emoji kam noch hinterher.

Kommentarlos schickte sie ihm ihren Standort. Sie wollte nicht allein sein, nur weil Adrian offensichtlich keine Zeit für sie hatte. Irgendwas schien mal wieder wichtiger zu sein ...

Wenig später liefen sie und Neil gemeinsam durch den Krankenhauspark. Nancy weinte und erzählte ihm alles. Von der Krankheit ihrer Mutter, dem stressigen Alltag ihres Vaters und von ihren Problemen mit Adrian.

Neil hörte sich alles in Ruhe an und tat sein Bestes, einfach nur für sie da zu sein.

Irgendwann setzten sie sich auf eine Bank, und Nancy lehnte ihren Kopf an seine Schulter. Neil versuchte, sie abzulenken, sprang auf, griff nach ihrer Hand und fing am, im Park mit ihr zu tanzen. Er drehte sie unter seinem Arm hindurch und verlor fast das Gleichgewicht, als sich ihre Blicke trafen. Dann küsste sie ihn.

»Ich liebe dich«, schluchzte er und riss Nancy aus ihren Gedanken. Gebannt starrte sie Neil an, der plötzlich wie in Trance zu singen begann.

»Why did I wait.

Is it too late?
To tell you that I love you.
Just one kiss, I felt your lips.
I fell in love, with all my heart.«

Die Ohnmacht übermannte sie. Nancy hatte keine Kraft mehr, um zu kämpfen. Langsam kroch sie auf Neil zu, doch ganz erreichen konnte sie ihn nicht. Also streckte sie zitternd den Arm nach ihm aus, sodass sich ihre Hände fast berührten.

Kurz dachte sie daran, wie es wohl sein würde, wenn sie gleich sterben würden. Würde es friedlich sein? Würde es wehtun? Hatte es ihrer Mutter wehgetan, als sie ging? Ob Adrian sie vermissen würde?

All das war jetzt egal. Traurig lauschte sie Neils Stimme, und bevor sie ihre Augen schloss, huschten noch ein paar letzte Worte über ihre Lippen.

»Ich … Ich fand den Kuss auch schön.«

KAPITEL 14

ADRIAN

Der Bildschirm des Handys war erloschen. Tränen rannen Adrian über die Wangen.

»Nein, nein, nein! Zeig mir wieder das Bild. KIRA, was hast du mit ihnen gemacht?«, brüllte er verzweifelt. »Hört mich jemand? Bitte! Hallo?«

**DEINEN FREUNDEN GEHT ES GUT.
DU HAST GENUG GESEHEN.**

Mit voller Wucht schleuderte Adrian das Handy gegen die Wand und sah dabei zu, wie es in Einzelteilen zu Boden fiel. Vor lauter Schmerz und Wut schrie er auf. Der Orkan aus Gefühlen, der in ihm tobte, war nicht mehr auszuhalten. Erst die Wahrheit über die Meinung seiner Follower, dann die Demütigung seiner Freunde, der Verrat und die Untreue seiner Freundin – und jetzt?

Genau wie seine Welt brach Adrian an der Wand zusammen und sackte wie ein Häuflein Elend zu Boden. Die Tränen hörten nicht mehr auf zu fließen, und der unerträgliche Schmerz über die Enttäuschung breitete sich in seinem ganzen Körper aus. Jetzt kannte er die Wahrheit. Seine Freunde waren keine Freunde, seine Follower hatten ihm bloß etwas vorgemacht, feierten ihn nicht so sehr, wie er gedacht hatte, und er, er war ganz allein. Er war das Opfer, der Gedemütigte, der immer alles für seine Freunde getan hatte.

Wie konnten sie ihm das nur antun? Wussten sie überhaupt, wie es sich anfühlte, so hintergangen zu werden? Bestimmt nicht. Das, was er jetzt gerade spürte, wünschte er niemandem: unerträgliche Leere und gleichzeitig tausend Messer, die unaufhaltsam auf seine Brust einstachen.

**ADRIAN, ERKENNST DU NUN,
WAS ICH DIR DIE GANZE ZEIT VERSUCHT
HABE ZU SAGEN?**

»Du hattest recht, KIRA!«, gestand Adrian kleinlaut und wischte sich trotzig übers Gesicht. »Das sind keine Freunde. Ich bin allein.« Sofort rannen die Tränen wieder seine Wangen hinab.

**WENN DU DIE CHANCE HÄTTEST,
IHNEN DIE MEINUNG ZU SAGEN,
WÜRDEST DU SIE NUTZEN?**

»Was ist das denn für 'ne bescheuerte Frage, natürlich! Die sollen mich kennenlernen. Erst darf ich alles für sie organisieren, mache und tue ohne Ende für die, und dann muss ich mir so was gefallen lassen? Ne, Mann! Die können mich mal!«

An der Wand gegenüber öffnete sich plötzlich die Tür, nach der er am Anfang so vergeblich gesucht hatte.

**GEH ZU DEINEN FREUNDEN.
SIE WARTEN BEREITS AUF DICH.**

Darüber musste er nicht zweimal nachdenken. Sofort sprang Adrian auf, wischte sich die Nässe aus dem Gesicht und stürmte aus dem Zimmer.

Außer sich vor Wut stolperte er durch den Ausgang ins Freie. Helles Licht blendete ihn, als er sich hektisch nach allen Seiten umsah. Frische Luft kitzelte in seiner Nase, und es roch nach gemähtem Gras und Moos.

Ein Wald? Ernsthaft?

Um sich herum erkannte er hohe Tannen und andere Bäume, von denen er aber nicht wusste, wie sie hießen. Schließlich studierte er ja nicht Biologie oder »Försterismus« oder was auch immer.

Nur einige Meter von ihm entfernt stand Luke, der sich gerade wieder seinen grauen Pullover überzog, und ein paar Schritte weiter rannte Neil zu Nancy, um ihr dabei zu helfen, sich auf einen umgestürzten Baumstamm zu setzen.

»Na warte«, knurrte Adrian und ging auf Neil los. Mit voller Wucht schlug er ihm mitten ins Gesicht.

»Ah! Was'n los mit dir, Digga? Was ist dein Problem, hm?«, schrie Neil, rappelte sich auf.

Seine schmerzende Hand ignorierte Adrian. Er wollte ein zweites Mal ausholen, doch Nancy stellte sich dazwischen und hielt ihn fest.

»Ad! Hör auf damit! Beruhig dich. Was ist nur in dich gefahren? Was soll das?«

»Das könnte ich euch auch fragen!«, zischte Adrian, während er sich aus Nancys Umklammerung losriss.

Luke verschränkte die Arme und wusste offenbar nicht, was er sagen sollte. Immerhin war Adrian klar, dass er im Recht war. Ihre Freundschaft war eh nur ein Haufen Müll, aufgebaut auf Lügen und leeren Behauptungen. Sie waren doch sowieso viel zu unterschiedlich und hatten andere Interessen. Also, was machten sie sich noch vor? »Ihr könnt mich mal!«

»Aber ... wir sind doch eine Familie ...«, warf Nancy überfordert ein.

»Ich kann mich gar nicht mehr daran erinnern, wann wir uns das letzte Mal wie eine Familie verhalten haben!«

Schweigen.

Luke starrte auf den moosigen Waldboden, während Neil und Nancy begannen, herumzudrucksen. Bevor sie etwas sagen konnten, redete Adrian bereits weiter. Einen nach dem anderen knöpfte er sich nun vor.

»Du willst mein bester Freund sein?«, fragte er Neil scharf und trat ein paar Schritte an ihn heran. »Wie lange stehst du schon auf meine Freundin, hm? Na los, sag's mir!« Bedrohlich langsam baute er sich vor seinem eigentlich besten Freund auf, dem es sichtlich schwerfiel, ihm in die Augen zu sehen. »Also? Ich höre?«

Für einen Moment starrten sie sich nur an, und Adrian suchte verzweifelt eine Regung oder eine Antwort in Neils Blick.

»Sie bedeutet mir gar nichts«, flüsterte dieser schließlich.

»Wie bitte? Ich glaube, ich habe dich nicht verstanden.«

»Sie bedeutet mir überhaupt nichts, klar?«

Adrian sah aus dem Augenwinkel, wie Nancy erschrocken einige Schritte zurückstolperte. Zwar erkannte er die Lüge in Neils Worten, doch das war ihm für den Moment erst mal egal. Immerhin hatte er erreicht, was er wollte.

Nancy drehte sich schockiert weg von den beiden.

Natürlich hatte Adrian die Tränen in ihren Augen gesehen, aber sollte sie doch schmollen. Sie würde gleich auch drankommen und spüren, wie sehr sie ihn mit ihrer Kussaktion verletzt hatte.

»Jetzt zu dir, Luke.« Mit einem Ruck drehte Adrian sich um und baute sich vor ihm auf. »Was hast du KIRA noch alles erzählt?«

»Hä, ich hab doch gar nichts gemacht!«

»Und jetzt dumm spielen, klar. Wann hast du das letzte Mal etwas *für* die Gruppe getan, hm?«

Luke schwieg. Das provozierte Adrian so sehr, dass er seinen »Freund« am liebsten gegen den nächsten Baum geschubst und auf ihn eingeschlagen hätte. Der Drang, etwas kaputt zu machen, verstärkte sich immer mehr. Schließlich musste er seine Wut ja irgendwie rauslassen.

Aber Moment. Eigentlich konnte ihm Lukes Antwort doch vollkommen egal sein. Luke, dieser wandelnde Misserfolg, war ihm egal. Immerhin hatte Adrian ihn nur in der Gruppe geduldet, weil er wusste, dass er Dustin viel bedeutete.

Wieso hatte er das nie hinterfragt?

Sein Blick wanderte zu Nancy. Ihre Wangen waren nass von den Tränen, gegen die sie offensichtlich ankämpfte. Erfolglos.

»Und nun zu dir.«

Für eine Sekunde stockte Adrian und sah in ihre dunklen Augen, in die er sich damals verliebt hatte. Das, was er gleich sagen würde, würde ihr wehtun. Sie ließ ihm jedoch keine andere Wahl. Immerhin hatte sie ihn mit seinem besten Freund betrogen.

Adrian schluckte und fragte dann leise: »Seit wann hasst du mich so sehr, dass du mich betrügst?«

Die Überforderung und die Trauer in ihren Augen

waren deutlich zu sehen. Leise Zweifel machten sich in ihm breit. Die Wut, die ihn eben noch fast hätte eskalieren lassen, war verschwunden. Stattdessen spürte er nur Enttäuschung und – er konnte es selbst nicht ganz fassen – Reue.

Natürlich wusste er, dass er nicht für sie da gewesen und dass sein Verhalten vermutlich auch der Grund für ihren Verrat gewesen war, aber darum ging es jetzt nicht.

Schnell verbannte er die Gedanken aus seinem Kopf und konzentrierte sich wieder auf das Hier und Jetzt. Er wollte nur, dass sie kapierte, dass sie so was mit ihm nicht machen konnte. Er konnte bessere Mädchen haben und auf eine verlogene Betrügerin locker verzichten.

Auch wenn er wusste, dass das nicht ganz stimmte. Hatte er nicht eben erst erfahren, dass seine Follower eigentlich alles nur kleine Feiglinge, Lügner und Heuchler waren?

»Ich bin fertig mit dir!«, zischte er Nancy zu und wandte sich schnell von ihr ab. Sie sollte seine Tränen nicht sehen. »Mit euch allen!«

Er entfernte sich zur Sicherheit ein paar Schritte. Es war wichtig, dass sie ihn ernst nahmen.

Und wer kann eine Heulsuse schon ernst nehmen?

Adrians Worte hatten gesessen. Die darauffolgende Stille im Wald war gespenstisch, und der aufsteigende Nebel machte die Situation umso düsterer.

»Ey, komm her, komm her.« Luke packte ihn energisch an den Schultern.

»Lass mich in Ruhe!«, fauchte Adrian ihn an und versuchte, sich loszureißen, aber Lukes Griff war – mal wieder – stärker.

»Jetzt beruhig dich erst mal. Das ist doch genau das,

was die Leute hier wollen. Die wollen doch, dass wir uns streiten.«

»Du bist der Letzte, der mir hier irgendwas sagen darf! Was hast du noch alles erzählt, hm? Verräter!« Die letzten Worte spuckte er förmlich aus, sodass winzige Speicheltropfen auf Lukes Gesicht klatschten. Bevor dieser jedoch reagieren konnte, mischte sich KIRA in ihren Streit ein.

LUKE, ES WIRD ZEIT, DASS DU DEIN VERSPRECHEN EINLÖST.

Was hatte der Kerl jetzt wieder angestellt? Was für ein Versprechen? Von was redete die Alte da bitte?

Luke trat unsicher von einem Bein auf das andere. »Was meinst du?«

Dieser scheinheilige Kerl. Adrian war sich sicher, er wusste ganz genau, was KIRA meinte. Bestimmt hatte er noch andere Geheimnisse verraten und sich sein Ticket hier raus erschlichen. Typisch Luke, der Egoist.

WOFÜR HAST DU DEINE WASSERFLASCHE EINGETAUSCHT?

Plötzlich wurde Luke blass. Die roten Wangen waren verschwunden, und er begann, vorsichtig zu stammeln. »N-nein, das mach ich nicht!«

»Junge, was hast du jetzt schon wieder gemacht?« Langsam platzte Adrian der Kragen. Immer war etwas mit Luke. Wie oft hatten sie in der Vergangenheit auf ihn gewartet und überfürsorglich Rücksicht auf ihn genommen, egal ob im Kino, im Freizeitpark oder beim Abendessen bei *Five Guys*? Entweder hatte er kein Geld, musste Sozialstunden ableisten oder verbreitete einfach nur schlechte Laune. Adrian wollte nicht mehr.

Eigentlich war es immer Luke, der an allem schuld war.

»Du musst was?«, fragte Neil komplett perplex.

»Ich muss Ad den Arm brechen«, wiederholte Luke.

Scheiße, was? Adrian traute seinen Ohren kaum, aber dann erinnerte er sich daran, was er gesehen hatte. Luke in der Wüste. KIRA hatte gefragt, ob er jemandem für eine Wasserflasche den Arm brechen würde, und er hatte Adrian genannt. Aber das …

»Nur über meine Leiche brichst du mir meinen verdammten Arm!«

Luke sah beschämt zu Boden. »Ich befürchte, dass genau das passiert, wenn wir das nicht durchziehen.«

»Ja, aber warum hattest du die Befürchtung nicht, bevor du diese dumme Entscheidung getroffen hast?« Adrian wollte ausholen und ihm eine verpassen, rammte seine Faust stattdessen aber in den nächsten Baum. Er fluchte. »Wie kann man nur so dumm sein, Digga? Beschränkt ist der, einfach nur unfähig!«

»Hey, KIRA! Ich biete mich freiwillig an! Nimm meinen Arm, ja?«

Wow, die erste gute Idee, die jemals aus Lukes Mund gekommen ist. Wenigstens zeigt er endlich mal Rückgrat.

DAS IST LEIDER NICHT MÖGLICH.

»Ihr spinnt doch! Was wollt ihr denn von uns?«, schrie Luke KIRA zu.

DAS SIND DIE REGELN.
WIR HATTEN EINE ABMACHUNG.
HALTE DICH AN UNSEREN DEAL.

Für einen Moment war es mucksmäuschenstill im Wald.

Schließlich unterbrach Neil das Schweigen: »Ich könnte deinen Arm zusammen mit Nancy festhalten ...« Er blickte sich nach ihr um. »Äh, wo ist sie eigentlich?«

Adrian wurde unruhig. Wo war Nancy abgeblieben? Niemand konnte sich einfach so in Luft auflösen. Oder waren das die Konsequenzen, von denen KIRA gesprochen hatte? Würden diese grausamen Menschen ihr wirklich etwas antun, wenn sie nicht gehorchten?

LUKE, DENK DARAN, WIR HATTEN EINE ABMACHUNG. DENK AN UNSEREN DEAL.

»Nancy!«, brüllte Luke und wollte verzweifelt in den Nebel laufen, doch Adrian hielt ihn fest und redete auf ihn ein.

»Hey, hey, Luke, komm runter. Wir finden Nancy gemeinsam.«

UND VERGESST DUSTIN NICHT, DENN WAS IHM SONST PASSIEREN WIRD, HAT ER NICHT VERDIENT.

Die drei sahen sich fragend an. Bei all dem Drama hatten sie Dustin komplett vergessen. Wo war er?

Im Kopf ging Adrian noch einmal durch, was ihm KIRA gezeigt hatte. Er erinnerte sich daran, wie Dustin in der Kommandozentrale gesessen und diese komische Iris Chips gegessen hatte. Dann war das Bild eingefroren gewesen.

Er wusste, wie viel Dustin Luke und Nancy

bedeutete ... und Nancy bedeutete *ihm* alles, auch wenn er sie eben noch verflucht und verteufelt hatte. Sie war ihm wichtig, und er bereute, wie er sie angebrüllt hatte, ohne ihr überhaupt Gelegenheit zu geben, sich zu erklären. Das hatte er nicht gewollt. Ehrlich nicht. Wenn er ihr das nur sagen könnte ...

Wenn er sie nicht so angeschrien hätte, dann wäre sie vielleicht noch hier.

Aber seine Reue half nicht. Da musste er jetzt durch. Sie alle mussten es gemeinsam durchziehen. Und je schneller sie es hinter sich brachten, desto besser.

Aber wie um alles in der Welt bereitete man sich mental darauf vor, den Arm gebrochen zu bekommen? *Ein-, zweimal tief ein- und ausatmen, und dann los?*

»Okay, let's do this! Welcher Arm? Welcher ist besser?«, faselte er vor sich hin.

Luke nahm ihm die Entscheidung ab, indem er auf Adrians linken Arm tippte. Neil half ihm dabei, seine Jacke auszuziehen und sich hinzuknien. Luke stellte sich hinter die beiden und machte sich bereit.

In Adrians Kopf tobten die Gedanken. Würde es sehr wehtun? Wie lange dauerte es, bis so ein Arm verheilte? Immerhin war der linke Arm schon besser als der rechte, da hatte Luke immerhin *eine* gute Entscheidung getroffen.

Das Adrenalin schoss durch seinen Körper, und zu Adrians großer Verwunderung machte es ihn nicht hibbelig, sondern ruhig und fokussiert. Er gab Luke ein Zeichen, und Neil hielt seinen Arm fest.

»Okay, Bruder, fünf, vier, drei«, zählte Luke langsam runter.

Was machen wir hier bloß?

»Eins ...«

Adrian riss sich los. »Ah, ich kann das nicht! Nein! Echt nicht. Scheiße, Mann!«, rief er und schlug die Hände über dem Kopf zusammen.

Mitfühlend sahen seine Freunde ihn an.

»Komm, Adrian! Tu es für Nancy!«, motivierte ihn Luke.

»Ja, und für Dustin«, fügte Neil hinzu, »für uns alle!«

Für uns alle? War das sein Ernst?

Viel Zeit blieb Adrian nicht, um darüber nachzudenken. Ihm war klar, dass er jetzt für sich und seinen Fehler geradestehen musste. Also atmete er tief durch, dachte an Nancy und an ihre potenzielle Zukunft, wenn er ihr ins Gesicht schauen und ihr sagen konnte, dass es ihm ehrlich leidtat.

Und so kniete er sich erneut auf den Boden und warf einen letzten Blick in den Himmel. Natürlich war ihm bewusst, dass dieser nicht echt war. Aber Adrian wollte, dass diese miesen Spielleiter sahen, wie er sich für seine Freunde und sich aufopferte.

Ja, es würde wehtun, aber niemals würde er ihnen zeigen, wie sehr.

Luke holte aus, und Adrian schloss die Augen.

KAPITEL 15

Die Schmerzen waren unerträglich. Gekrümmt lag Adrian auf dem Boden und brüllte. Das Knacken seines Armes hallte noch immer durch seinen Schädel, ebenso wie Neils entsetzter Schrei.

»Hey, Leute, wir müssen so schnell wie möglich hier raus!«, ertönte eine Stimme.

Adrian spürte, wie ihm jemand dabei half, sich aufzurichten. War das Dustin? Erleichterung machte sich in ihm breit, betäubte sogar ein wenig den stechenden Schmerz in seinem Arm.

»Dustin, wo warst du, Mann?«, fragte Neil.

»Erzähl ich euch später, aber erst mal raus hier!« Mit diesen Worten zog Dustin Adrian auf die Beine und legte dessen rechten Arm um seine Schultern. Dann flüsterte er: »Leute! Ich weiß, wo Nancy ist. Wir müssen zu ihr, schnell!«

»Nancy? Wo ist sie?«, fragte Adrian leicht benebelt.

»Wartet mal. Wir müssen Adrians Arm irgendwie verbinden oder einpacken. Wir können so doch nicht durch den Wald rennen. Wenn der hinfällt, dann bricht der sich noch den zweiten.«

Oh, das ist aber lieb von Luke. Der denkt ja wirklich mal mit. Vielleicht ist er doch nicht so blöd, wie ich immer dachte.

Wie in Trance beobachtete Adrian das Geschehen. Luke und Dustin knüpften aus seiner blauen Stoffjacke eine Schlinge und legten sie ihm um den Hals. Mit vereinten Kräften fädelten sie den gebrochenen Arm hindurch, um ihn sicher zu verstauen.

Schlaue Jungs.

Sie bugsierten ihn auf einen der umgefallenen Baumstämme, und Dustin bedeutete ihnen, für einen Moment zuzuhören.

»Passt auf Leute, ich weiß, was all das hier ist und was sie vorhaben.«

»Wer? Dieser komische Typ vom Anfang?«, fiel Neil ihm ins Wort.

»Nicht nur, der ist nämlich nur der Hiwi von Iris.«

Luke sah Dustin irritiert an. »Wer ist denn jetzt Iris?«

»Jetzt wartet doch mal und lasst mich ausreden. Schaut.« Dustin zog ein kleines, türkisfarbenes Buch unter seinem Pulli hervor. »Das hier ist so was wie ein … Wie nennt man das noch gleich … So ein Notizbuch. Logbuch!«

»Du meinst ein Tagebuch?«, fragte Adrian.

»Ja, genau. Und es gehört Iris.«

»Ja, aber wer ist denn jetzt Iris? Sag doch mal.« Langsam wurde Luke sichtlich ungeduldig.

»Ja, und woher hast du das?«, wollte Adrian wissen.

»Kommt, ich erklär es euch auf dem Weg. Wir haben nicht mehr so viel Zeit«, brach Dustin die Diskussion ab, während er Adrian beim Aufstehen half. »Hier, nimm du das Tagebuch, Adrian.«

Die Jungs liefen los durch den Wald, und Dustin berichtete von seinen Entdeckungen: »Das alles hier ist eine Forschungseinrichtung. Nichts von dem, was ihr glaubt zu sehen, ist echt. Alles nur Projektionen und Plastikscheiße. Ein einziges Labyrinth, aber ich weiß, wie wir rauskommen.« Er riss einige Blätter eines Strauchs ab und ließ sie zu Boden segeln. »Iris ist die

Chefin von diesem Laden. Sie ist Wissenschaftlerin und Kai, der Typ vom Anfang, ist Informatiker. Zusammen haben sie das alles auf die Beine gestellt und die KI programmiert. Iris hat mich nach dem Stromspiel gefesselt und befragt.«

Plötzlich war für Adrian alles klar. Die Bilder von Dustin und dieser komischen Frau, die er gesehen hatte. Iris war schuld an diesem ganzen Schwachsinn.

Sie mussten unbedingt Nancy finden. Wer wusste schon, was diese grausamen Wissenschaftler ihnen noch antun wollten? Niemals könnte er diesen schrecklichen Ort ohne seine Freundin verlassen. Niemals.

Je weiter sie gingen, desto dichter wurden die Bäume und Sträucher. Während Dustin Luke und Neil irgendwas von einem blinkenden Gehirn und leuchtenden Glühwürmchen erzählte, trottete Adrian hinter den dreien her und rief immer wieder nach Nancy. Doch niemand antwortete.

Was, wenn ihr wirklich etwas passiert war? Und das nur, weil er unbedingt neue Follower hatte dazugewinnen wollen. Das könnte er sich niemals verzeihen. Wie dumm einfach. Nur wegen ein paar lächerlicher Postings und Feel-good-Kommentare hatte Adrian keine Zeit für Nancy und seine Freunde gehabt.

Unterdessen trieb Dustin sie zur Eile an. Aber was, wenn es schon längst zu spät war?

Immer weiter irrten sie durch den dichten Wald. Wie groß war dieser Raum eigentlich? Waren sie an diesem Busch nicht eben schon vorbeigekommen? *Oh no.*

»Wir laufen im Kreis!«, rief Adrian, und die anderen blieben stehen.

»Das kann doch gar nicht sein!« Luke fluchte.

»Wartet mal, hört ihr das nicht?«, fragte Dustin.

Adrian lauschte, und wirklich, da war ein dumpfes Pochen zu hören. Es kam aus der Richtung, aus der sie gekommen waren.

Ohne darüber nachzudenken, liefen die Jungs los. Sie stolperten über Wurzeln und Äste, sprangen über einzelne Büsche. Dann ging es plötzlich steil bergauf. Schnell kamen sie aus der Puste, und aus den dicht wachsenden Bäumen wurden bald Gräser und Gestrüpp. Das Moos war verschwunden. Stattdessen spürte Adrian jetzt Steine und Geröll unter seinen Füßen.

Da sahen sie Nancy.

In Adrians Magengrube sammelte sich so viel Wut, dass er vergaß, dass er eigentlich keine Kondition mehr hatte. Auch Dustin rannte los und überholte ihn. Doch plötzlich bremste er abrupt ab und konnte Adrian gerade noch festhalten, bevor dieser den riesigen Abgrund hinabstürzte, der sich vor ihnen erstreckte.

Auf der anderen Seite der Schlucht stand Nancy. Hinter ihr war dieselbe Frau zu sehen, die Dustin gefesselt hatte. Iris.

Es wirkte so, als würde Iris ihre Freundin immer weiter auf den drohenden Abgrund zutreiben. Nancy stolperte rückwärts, bis einzelne Steine unter ihren Füßen in die Schlucht hinabrollen.

Dustin brüllte, aber sie konnte ihn offenbar nicht hören.

»Wir müssen zu ihr!«, rief Neil.

»Nancy! Pass auf! Sie ist der Feind!«, schrie Dustin.

»Was machen die da oben? Und wieso? Warum steht Nancy so nah am Abhang? Will die springen?«

»Man, Ad, du bist so ein Vollidiot, wirklich! Du hast

nichts mitbekommen, oder?«, fuhr Dustin ihn von der Seite an. »Du mit deiner Social-Media-Karriere. Nichts hast du gecheckt in den letzten Wochen. Ist dir nicht aufgefallen, dass Nancy nicht mehr so viel mit uns abgehangen hat wie sonst? Oder dass sie in der Schule öfter mal geweint hat?«

Adrian verstand nur Bahnhof.

»Nancys Mum. Sie ist gestorben.« Dustin machte eine Pause. »Während du dich um deinen Scheißmustang gekümmert oder irgendwelche Möchtegern-Star-Selfies gemacht hast, war deine Freundin komplett am Boden.«

»Wie?«, hauchte Adrian. »Wieso hat mir das niemand gesagt? Ich hätte doch niemals ... Wenn ich das gewusst hätte ...«

»Ach, ehrlich?«, fiel ihm Dustin ins Wort. »Wir alle mussten ihr versprechen, dir nichts zu sagen. Sogar in ihrer schlimmsten Zeit kümmert sie sich um dich und bittet uns, dir nichts von ihrem Verlust zu erzählen, aus Angst, es könnte dich zu sehr von deinen Zielen ablenken.«

Adrian schluckte. Der Kloß in seinem Hals wuchs, und er wusste nicht, was er sagen sollte. Stattdessen starrte er zu Boden und versuchte das, was er eben erfahren hatte, zu verdauen. Fassungslos trat er ein paar Schritte näher an den Rand der Schlucht heran. Wieso hatte sie ihm nichts erzählt? Nancys Vater war in der Unternehmensberatung tätig, und Adrian wusste, dass er so gut wie nie zu Hause war. Deshalb hatte ihre Mutter ihr unendlich viel bedeutet. Aber kein einziges Mal hatte Nancy auch nur etwas angedeutet. Oder etwa doch?

Und dann überkam es Adrian. Natürlich. Die Nachrichten auf dem Smartphone, die KIRA ihm gezeigt hatte. Nancys vehementes Flehen und Bitten, ihr zuzuhören. Das war nicht auf den Kuss bezogen gewesen. Nein. Sie hatte mehrmals versucht, es ihm zu sagen. Aber Adrian war ein Vollidiot, der unbedingt auf seinen Egotrip bestanden hatte. Wie dumm war er eigentlich?

Wieder traten ihm Tränen in die Augen, doch er wischte sie schnell weg. Jetzt blieb keine Zeit für Traurigkeit oder Selbstmitleid. Jetzt musste gehandelt werden.

Als er so nach unten starrte, fiel ihm ein Pfad auf der gegenüberliegenden Seite auf, der von der Schlucht aus den Berg hinaufführte.

»Hier entlang!«, rief Adrian, während er bereits losstapfte. Jede Sekunde zählte, denn wer ahnte schon, was für ein Spiel diese Frau mit ihnen spielte?

Seine Beine brannten, und sein ganzer Körper bebte. Lange war er nicht mehr so viel am Stück gelaufen. Geschweige denn einen Berg hinauf.

»Trailrunning Level 1.000«, keuchte Luke.

Sobald sie oben angekommen waren, sahen sie, wie Iris die Hand nach Nancy ausstreckte, als würde sie ihre Freundin hinunterschubsen wollen.

»Nancy! Pass auf!«, schrie Dustin.

Endlich schien sie aus ihrer Trance zu erwachen. Da flog etwas Weißes, Glitzerndes zwischen Iris und Nancy nach oben, das Adrian nicht genau erkennen konnte. Vielleicht eine optische Täuschung oder das Licht spielte ihm einen Streich. Ganz egal, was es war, Nancy senkte im nächsten Moment ihre Hand und lief schnell an Iris vorbei, weg vom Abgrund und zu ihren Freunden.

»Gott sei Dank ist dir nichts passiert«, stammelte Adrian, nahm sie sofort in den Arm und hielt sie einige

Momente fest. »Nancy, ich schwöre dir, es tut mir so unendlich leid, das musst du mir glauben ... Ich bin so froh, dass es dir gut geht.«

Dustin stellte sich schützend zwischen seine Freunde und Iris, die immer noch am Abgrund stand und in die Ferne schaute. Adrian wusste nicht, was er tun sollte. Einerseits war er froh darüber, seine Freundin wohlbehalten gefunden zu haben, andererseits brannte in ihm die Wut auf Iris, die versucht hatte, Nancy in den Tod zu treiben.

Für einen Moment dachte er darüber nach, an die Wissenschaftlerin heranzutreten und sie von der Klippe zu stoßen. Doch diese Idee verwarf er schnell wieder. Nein, er war nicht so wie sie. Er spielte nicht mit dem Leben anderer oder amüsierte sich über deren Leid, während er nebenbei Chips futterte.

So ein Mensch war er nicht. Ja, er war ein Egoist gewesen und hatte sich fälschlicherweise als Opfer gesehen, doch niemals würde er jemanden umbringen, um seine eigenen Ziele zu verfolgen.

Nancys Stimme brachte ihn zurück auf den Boden der Tatsachen. »Was ist mit deinem Arm passiert, Ad?«

»Ach, das wird schon, ist ja nur ein Kratzer.«

Ihm entging nicht, wie Luke die Augen verdrehte. »Was für ein billiger Spruch, Digga.«

Die fünf lachten und umarmten sich.

»Jetzt aber schnell raus hier!«, unterbrach Dustin die Versöhnung.

Nancys Blick wanderte zu der Wissenschaftlerin, jedoch waren darin keine Angst oder Wut zu sehen. »Danke, Iris, du hast mir das Leben gerettet.«

»Hab ich gern gemacht.«

Was? Iris hatte Nancy nicht stoßen wollen, sondern

sie *aufgehalten*? Erst wollte sie von Dustin wissen, ob er sich umbringen würde, wenn er einen seiner Freunde auf dem Gewissen hätte, und dann rettete sie Nancy das Leben? Was war ihr Plan?

KAPITEL 16

Um sie herum wurde es schlagartig dunkel. Machten die jetzt einen auf *Tribute von Panem* und ließen das Wetter umschlagen? Offenbar schon, denn der Wind heulte auf, und die Bäume am Fuße des Abhangs bogen sich gefährlich unter der Böe.

»Wir haben keine Zeit! Weg hier!«, schrie Dustin und trommelte alle zusammen.

»Wartet! Da kommt ihr nicht weiter«, rief ausgerechnet Iris ihnen nach.

»Halt du dich da raus!«

Hastig deutete Dustin auf den Trampelpfad, der wieder in die Schlucht hinabführte, und ging voraus. Adrian versuchte, sich mit der unversehrten Hand vor den herabfallenden Ästen zu schützen, und merkte, dass Iris ihnen folgte. »Lass uns in Ruhe!«

»Ich will euch nur helfen!«

»Helfen? Ich glaub dir kein Wort! Verschwinde!«

Nach einer Weile entdeckte Dustin eine kleine Höhle im Fels. »Wir warten hier, bis sich der Sturm gelegt hat, Leute.«

Nachdem Adrian und seine Freunde es sich weiter hinten in der Höhle halbwegs bequem gemacht hatten, bemerkte er, dass Iris am Eingang stand und unsicher zu ihnen hereinschaute.

Ihr Anblick erinnerte ihn an das Tagebuch. Unbemerkt holte er es hervor und drehte sich ein wenig von den anderen weg, damit Iris, sollte sie sich entschließen, zu ihnen zu stoßen, nicht sah, dass er es besaß.

Vorsichtig schlug er es auf und begann zu lesen.

12. Februar 2021

Es ist Freitag, 01:32 Uhr morgens. Ich bin allein im Labor. Unsere Mitarbeiter haben wir um ca. 21 Uhr nach Hause geschickt. Kai ist gegen 23 Uhr verschwunden. Nur ich konnte noch nicht gehen.

Die Lösung des Problems war irgendwo in unseren Tabellen versteckt, und ich wusste, dass es nur eine Frage der Zeit ist, bis ich sie finden würde. Und genau so war es auch. So simpel, dass es schon fast lustig ist.

Kai wird es morgen nicht glauben, aber der wird sich noch wundern. Wer hätte das gedacht? Man muss KIRA nicht komplett aus wissenschaftlicher Sicht betrachten, sondern den Blickwinkel verändern; ihr Emotionen geben. Nur konnte Kai ihr die nicht einfach »antrainieren« bzw. programmieren. Also habe ich versucht, die Prämisse »Menschen müssen Empathie erlernen« einzusetzen. Aber erst nachdem ich mich in meinen alten Studienaccount eingeloggt, die gesammelten audiovisuellen Mediatheken heruntergeladen und ganz bewusst die Schwerpunkte über menschliches Denken priorisiert habe, hat sich das System erneut hochgefahren, und KIRA war einfach da.

Es war magisch!!!

Plötzlich konnte ich wirklich mit ihr kommunizieren. Sie hat mich direkt nach ihrem Scan erkannt und konnte mir genaue Informationen über meinen Gemütszustand und meine Gesundheit mitteilen. Okay, ihre Ergebnisse waren niederschmetternd, aber das weiß ich ja. Muss nur wieder mehr schlafen, das wird schon.

Endlich kann ich mit meiner eigentlichen Arbeit beginnen und mit KIRA an unserem Experiment feilen. Ich sollte sie noch darum bitten, sich mehr Daten über diese Art von menschlichem Denken herunterzuladen. Dann ist sie wirklich einsatzbereit!
Ich kann es kaum erwarten, sie morgen direkt zu testen. Allerdings müssen es Kai und die anderen schaffen, das System der Anlage zum Laufen zu bringen, damit die ersten Probanden gefahrlos mit KIRAs Hilfe von einem Raum zum nächsten teleportiert werden können.
Das wird großartig!

Teleportieren?

»Krass. Ich hab mir den Lichtblitz vorhin also doch nicht einfach nur eingebildet!«, stieß Adrian aus.

»Was sagst du?« Dustin schaute ihn fragend an.

Adrian deutete auf Iris, die noch immer am Ausgang der Höhle stand. Dann zeigte er auf das Tagebuch in seiner Hand. »Ey, das müsst ihr lesen, die haben uns -«

Bevor Adrian weiterreden konnte, unterbrach ihn Dustin. »Das ist kein verdammter Comic! Diese Frau ist krank!« Dann legte er einen Finger an die Lippen. »Komm rüber, lass uns mal deinen Arm versorgen.«

Dankbar setzte sich Adrian auf und lief zu Dustin. Die beiden saßen zunächst still nebeneinander, während sein Kumpel ihm die provisorische Schlinge abnahm.

»Au! Pass doch auf!«

»'tschuldigung«, murmelte Dustin und tastete den Arm behutsam ab. »Scheint, als hätte Luke sich echt Mühe gegeben.«

»Er hat ganze Arbeit geleistet, ja«, zischte Adrian, kniff die Augen zusammen und verzog schmerzerfüllt das Gesicht. Als er seine Lider wieder öffnete, fiel sein

Blick erneut auf Iris. »Ich versteh das einfach nicht. Ich hab doch gesehen, wie sie dich gefesselt und ausgefragt hat. Wieso will sie uns auf einmal helfen?«

Dustin seufzte. »Ich weiß nur, dass die Frau echt ein riesiges Problem hat ... Hab mich, nachdem sie mich hat gehen lassen, ja ein bisschen umsehen können. Diese Maschine, die ständig mit uns redet, ihre künstliche Intelligenz, sie ... Auf ihrer Festplatte gibt es megaviele Programme und Ordner. Dazu die ganzen Kameras -«

»Hä? Worauf willst du hinaus, Bro?«

»Mann, Adrian, dann hör mir doch zu. Wir werden überwacht. Die ganze Zeit. Die wissen alles über uns. Ich war in der Kommandozentrale. Die haben unsere Handys, unsere Chats, unsere Kontakte. Die manipulieren uns und designen diese Scheißspiele genau mit den Dingen, die wir ihnen selbst geliefert haben. Alles, was wir je gepostet oder geschrieben haben, wissen die. Die haben es geschafft, dass Luke Neil verrät, dass Nancy und du ...« unsicher sah er zu Nancy, die gerade auf Iris zuging. »Was, wenn Iris nur wieder eine Challenge ist? Wenn Nancy sich gar nicht hat umbringen wollen. Ich meine, wir haben uns wieder vertragen, wir haben sie gerettet, aber Nancy denkt, Iris hätte ihr das Leben gerettet, und wir ...«

Adrian schluckte. Hatte Dustin recht und die Sache mit Iris war nur ein weiterer Schachzug, der ihre Freundschaft auseinanderreißen sollte?

KAPITEL 17

»Der Sturm hat sich fast gelegt. Wir müssen hier raus, bevor Kai und die anderen was checken.« Lukes Stimme riss Adrian aus seinen Gedanken.

Auch Dustin schreckte auf. »Du hast recht, lass uns gehen.«

»Jetzt wartet doch mal! Ich meine …« Er deutete vielsagend zur Decke der Höhle, dann auf seine Ohren. »Seid vorsichtig.« Anschließend ging er mit festen Schritten auf Iris und Nancy zu und quetschte sich ohne ein weiteres Wort an ihnen vorbei.

Skeptisch beäugte Adrian die Wissenschaftlerin, die nichts unternahm und seine Freunde einfach passieren ließ. »Kommst du?«, fragte er demonstrativ an Nancy gewandt. »Lass uns nach Hause gehen.«

Was er draußen zu sehen bekam, raubte ihm fast den Atem: Der Wald, in dem sie sich eben noch befunden hatten, war verschwunden. Stattdessen standen sie inmitten einer Westernstadt. Eine, wie Adrian sie aus einer Szene von *Zurück in die Zukunft* kannte, wo Marty McFly in pinker Cowboy-Kluft von Biff Tannen hinter seinem Pferd durch den Dreck gezogen wurde. Wahnsinn.

»Wilder Westen! Stark!«, bemerkte Luke anerkennend.

Und Adrian fügte spöttisch hinzu: »Stark, KIRA, gibt es hier auch 'nen Saloon? Hätte jetzt richtig Bock auf 'n Bier.«

WAS BIETEST DU MIR DAFÜR?

Verschmitzt grinste Adrian trotz seiner Schmerzen und rieb sich den Oberarm. »Hm, was soll ich dir bieten? Vielleicht den Arm von ...« Er blickte provokant zu Luke.

»Untersteh dich!«, keifte der ihn bissig an. »Oder ich brech dir den anderen auch noch!«

»Hey, was soll das werden?«, fragte Nancy. »Ich dachte, wir wollten hier weg. Lasst uns gehen!«

Neil setzte sich auf eines der Holzfässer vor einen alten Planwagen. Außerdem gab es hier noch eine Scheune, eine Wassermühle, Pferdetränken und einige weitere Gebäude, die Adrian nicht zuordnen konnte. Da fiel sein Blick auf Dustin, der auf einmal wie angewurzelt vor einem der Fässer stand.

HALLO, TEILNEHMER.
IHR SEID NOCH IMMER TEIL DES SPIELS. DAS 24-STUNDEN-SPIEL IST LEIDER NUR FÜR FÜNF TEILNEHMER KONZIPIERT. NUTZT DAS EXTRALEVEL, UM EUREN FEHLER ZU KORRIGIEREN.

WÄHLT EURE SPIELER.

»Was meint sie damit?«, fragte Adrian und ging ein paar Schritte auf Dustin zu, der immer wieder zwischen Iris und dem Fass hin- und herschaute.

Was ist plötzlich mit dem Dude? Der war doch eben noch superklar im Kopf und hatte voll den Plan.

Luke gesellte sich zu ihnen. Für einen Moment starrte er ebenfalls auf das Gefäß, dann keifte er Iris an: »Ich glaube, die erste Duellantin steht fest!«

Hä? Was? Duellantin? Adrian kapierte gar nichts mehr. Erst als auch er näher herantrat, verstand er, was Sache war.

Auf dem Deckel des Holzfasses lagen zwei verdammt echt aussehende Revolver. Alle Blicke wanderten zu Iris, die vor Luke zurückgewichen war.

»Ich kann verstehen, dass ihr mir nicht traut«, gab Iris kleinlaut zu. »Ich würde mir auch nicht trauen, aber -«

Erneut baute Luke sich vor ihr auf. »Starke Show, aber du lügst.«

»Die KI hat eine Aufgabe. Wir haben sie aus einem bestimmten Grund programmiert«, sprach Iris weiter. »Wir wollten herausfinden, welche Parameter nötig sind, um aus besten Freunden wie euch Mörder werden zu lassen.«

»Da bist du deinem Ziel ja ziemlich nahgekommen, was?«

»Es sollte eine Simulation sein, doch die KI hat ihre eigenen Subziele kreiert und …« Sie stockte.

»Und was, hm?« Lukes Gesicht war jetzt nur noch wenige Zentimeter von ihrem entfernt. Seine Halsschlagader pulsierte vor Zorn. »Ihr habt die Kontrolle verloren, oder? Gute Story, aber nein, danke!« Angewidert spuckte er neben Iris in den Staub der Westernstadt.

Aus dem Tagebuch wusste Adrian, dass KIRA es irgendwie schaffen konnte, durch Scans ihre Gefühlslagen herauszufinden. Aber wie zum Henker wollte sie sie zu Mördern werden lassen? Das ergab doch keinen Sinn.

Iris war sichtlich eingeschüchtert von Lukes Auftreten. Die Wissenschaftlerin wirkte nicht mehr so tough, wie Adrian sie in der Kommandozentrale bei dem Verhör mit Dustin erlebt hatte. Was, wenn sie wirklich die Wahrheit sagte und nur versuchte, sich zu erklären?

»Jetzt hör mir doch mal zu«, fuhr sie Luke an. »Die KI versteht nur schwarz oder weiß. Versteht ihr das?«

»Jetzt lass uns endlich starten und verschon uns mit deiner Farbenlehre!«

»Dustin!« Iris ging energisch auf ihn zu. Verzweiflung schimmerte in ihren Augen. »Sie versteht nur schwarz oder weiß«, wiederholte sie. »Wörter können zu Waffen werden.«

Dustin sprach ihr leise nach. Nachdenklich. Dann griff er nach den beiden Waffen auf dem Fass und sah Iris eindringlich an. »Verstehe … Harte Schale, weicher Kern.«

»Was dich nicht umbringt, macht dich stärker.«

Dieses Gespräch brachte Adrian vollkommen aus dem Konzept. Wieso zitierten die denn alberne Kalendersprüche? Was kam als nächstes? YOLO?

»Aus den Augen, aus dem Sinn – entscheidend ist die Höhle der Löwin«, flüsterte Iris, während Dustin sich mit den beiden Waffen langsam auf sie zubewegte.

Okay, jetzt drehen sie vollkommen durch, der wird doch nicht …?

Zu spät. Im selben Moment übergab Dustin Iris einen der Revolver.

»Hey, hey, hey! Bro warte mal!«, stammelte Adrian und wandte sich hilfesuchend an Luke.

»Dustin, warte mal, du kannst doch nicht der Frau, die uns alle gefoltert hat, 'ne Waffe geben! Hör auf damit!«

Okay, Adrian, bleib jetzt ganz cool und versuch, die Situation zu regeln. Humor. Humor klappt im Film immer, wenn's brenzlig wird. Kurz wuschelte er sich durch die Haare und trat dann mutig auf Iris zu. »Okay, Leute, ich hab's: Leichte Schläge auf den Hinterkopf erhöhen das Denkvermögen.«

Demonstrativ haute ihm Luke eine runter, und Dustin verdrehte genervt die Augen. »Mann, Adrian, du musst zwischen den Zeilen lesen, klar?«

»Mann, ich wollte doch nur die Stimmung auflockern. Ihr wollt euch nicht ernsthaft so Cowboy-like abknallen? Das ist doch nur ein Spiel von euch. Wieso denn die ganze Zeit Sprichwörter, Mann?«

Sofort schnitt ihm Iris das Wort ab. »Manchmal muss man durch Dornen gehen, um Rosen zu erreichen.«

Langsam bewegten sie und Dustin sich auf einer Achse voneinander weg und kamen etwa zehn Meter voneinander entfernt zum Stehen. Hilflos sah Adrian zu seinem Kumpel, doch dessen Blick war starr auf Iris gerichtet.

»Tja, das Leben ist halt kein Ponyhof, was?«, entgegnete er mit einem Schulterzucken und hob langsam seine Waffe.

»Dustin! Hör auf mit der Scheiße!«, brüllte Luke.

»Was sollen wir machen?«, fragte Adrian, während KIRA langsam herunterzählte. Sein Kopf war leer und einen klaren Gedanken zu fassen unmöglich. Wie gelähmt stand Adrian am Rand und wusste nicht, wie er reagieren sollte oder verhindern konnte, was gleich passieren würde.

Wie aus dem Nichts stand plötzlich Nancy zwischen den beiden Schützen. »Hört auf damit!«, rief sie verzweifelt und fuchtelte mit den Armen. »Wir finden eine andere Lösung. Wir finden immer einen Weg. Iris, das hast du mir doch selbst gesagt, bitte. Du bist jetzt eine von uns!«

»Nancy, geh aus dem Weg, bitte!«, bat Iris mit einem strengen Unterton, aber Adrian erkannte dennoch die Weichheit in ihrer Stimme.

Doch Nancy dachte nicht einmal daran, irgendwohin zu gehen, sondern blieb mit beiden Beinen fest im Boden verankert und flehte erneut: »Ich lasse nicht zu, dass ihr euch gegenseitig umbringt!«

Adrian musste sie aus der Schusslinie bekommen. Aber wie?

»Nancy, bitte, sei vernünftig, komm her jetzt«, redete er leise auf sie ein und trat ungeduldig von einem Bein auf das andere.

»Lass mich in Ruhe, Ad! Im Gegensatz zu dir war Iris für mich da. Bitte. Ihr seid beide meine Freunde, ihr könnt euch nicht erschießen. Ich beweg mich nicht vom Fleck.«

»Nancy, geh weg jetzt!«, schrie Dustin sie an.

»Nancy, bitte, geh aus der Schusslinie. Wir müssen das hier tun. Vertrau mir.«

Adrian hielt das alles nicht mehr aus. Jetzt musste er die Initiative ergreifen, und auch wenn es Nancy nicht gefallen würde, musste er eine Entscheidung treffen. Schnell ging er auf sie zu und packte sie am Arm.

»Aua, Adrian, lass mich!«

Aber Adrian schwieg. Es war ihm egal, was sie sich hiervon erhoffte. Es ging um ihre Sicherheit, und niemals würde er zulassen, dass Nancy verletzt wurde. Sobald er sie weggebracht hatte, musste er Dustin überzeugen, mit dem Scheiß aufzuhören. Wer konnte schon wissen, was sich diese Wissenschaftlerin noch ausdenken würde oder wozu sie fähig war?

Dann plötzlich hörte er einen lauten Knall.

KAPITEL 18

Als Adrian herumfuhr, sah er, wie Dustin auf die Knie sank, den Blick immer noch starr auf Iris gerichtet.

In seinen Ohren hörte Adrian das Rauschen seines Pulses, und er hielt den Atem an. Wie in Zeitlupe durchnässte Dustins Blut den braunen Pulli oben rechts an der Schulter, bis es schließlich herabtropfte. Er kippte um und blieb regungslos liegen.

Iris hatte geschossen. Sie hatte wirklich auf ihn geschossen, und das auch noch zu früh. Dustin hatte keine Chance gehabt.

Luke eilte zu seinem Freund und drückte seine Hände auf die blutende Wunde. Nancy und Neil rannten los und knieten sich neben ihn in den Sand, während Adrian sich nur langsam näherte. Irgendwie konnte er sich nicht schneller bewegen, obwohl er es wollte. Sein Knie waren weich, und der auf dem Boden liegende, sterbende Dustin starrte ihn mit leerem Blick an.

»Bitte Dustin, komm schon, halte durch. Wir holen dich hier raus«, murmelte Luke.

Tränen rannen über Nancys Gesicht und tropften auf Dustins. Vorsichtig legte Adrian seinen rechten Arm um sie, um sie zu trösten.

Iris hatte ihren besten Freund umgebracht. Adrian konnte sich nicht einmal vorstellen, was gerade in ihr vorging. Erst ihre Mutter und jetzt auch noch Dustin.

Und Adrian war daran schuld. Hätte er sie nicht hierhergeschleppt, wäre all das nicht passiert.

Aus dem Augenwinkel bemerkte er, wie Iris sich scheinbar zufrieden den Staub von der Schulter klopfte. »Kai, ich will zurück.«

War das ihr verdammter Ernst?

»KIRA, nenn mir deinen Preis!«

Adrian glaubte, in ihrer Stimme einen Anflug von Verzweiflung zu hören. Diese miese, kleine Verräterin hatte gelogen. Dustin hatte Recht behalten mit dem, was er in der Höhle gesagt hatte: Iris war nur hier gewesen, um Nancys Vertrauen zu gewinnen, damit sie einen von ihnen aus dem Weg räumen können. Dustin war das perfekte Ziel. Er hatte zu viel gesehen, war allein im Gebäude herumgelaufen, hatte ihr Tagebuch gestohlen und sie womöglich sogar durchschaut. Aber wieso um alles in der Welt hatte sich Dustin überhaupt auf dieses Duell eingelassen?

DAS IST LEIDER NICHT MÖGLICH.
DIESES SPIEL IST FÜR FÜNF TEILNEHMER
KONZIPIERT. DU BIST NUN TEIL DES SPIELS.

In Adrian stieg Wut auf. Er wollte aufspringen und Iris die Waffe aus den Händen reißen, um sich zu rächen. Für Dustin, für Nancy.

Doch die hatte offenbar das Gleiche gedacht und war schneller. Eilig ließ sie Dustins Hand los, sprang auf und stürmte auf die Wissenschaftlerin zu. »Du hast Dustin auf dem Gewissen!«

Nun rappelte auch Adrian sich auf und rannte zusammen mit Luke und Neil zu ihr.

»Nancy, du musst mir vertrauen«, flüsterte Iris, doch als sie bemerkte, dass die anderen sich hinter ihrer Freundin aufgebaut hatten, riss sie die Waffe in die Luft und richtete sie panisch auf Nancy.

Nein, nein, nein, das darf nicht sein.

»Los«, rief Nancy. Zu Adrians Erstaunen griff sie nach dem Lauf des Revolvers und zielte auf ihre eigene Stirn. »Erschieß mich, bringt doch sowieso nichts mehr.«

Adrian hielt den Atem an. Iris biss sich unsicher auf die Unterlippe, sah hektisch zwischen ihnen hin und her. Am Ende ließ sie die Waffe sinken und sich von Luke aus den Händen reißen.

Für einen Moment glaubte Adrian, sein Kumpel würde den Revolver benutzen, um Iris eiskalt zu erschießen. Zumindest traute er ihm das zu. Doch zu seiner Überraschung pfefferte Luke die Waffe in den Staub und baute sich wieder vor Iris auf. Bevor er etwas sagen konnte, meldete sich KIRA zu Wort.

ACHTUNG, TEILNEHMER, MACHT EUCH BEREIT FÜR DAS NÄCHSTE SPIEL.

»Nächstes Spiel?«, rief Adrian fassungslos. »Hier ist eben jemand verreckt, und ihr wollt direkt das nächste Spiel starten? Ich spiel hier gar nichts mehr.«

Das konnte nicht deren Ernst sein.

»Dustin ist tot!«, schrie Luke, und Neil fügte hinzu: »Ich bin hier auch raus! Wir sind doch keine Schachfiguren, die ihr grundlos opfern könnt!«

Lediglich Nancy stand schweigend daneben und kämpfte mit den Tränen.

Der Staub unter ihren Füßen wurde aufgewirbelt, und der Wind, der wieder wie aus dem nichts aufkam, brauste durch die Gruppe hindurch. Schützend hielt sich Adrian die Hand vors Gesicht, kämpfte so gegen den aufbrausenden Sturm an. Doch so schnell, wie er gekommen war, hatte er sich auch wieder verzogen und die Westernstadt, der Planwagen, der Sand und die Fässer waren verschwunden. Vor ihnen war eine neue Szenerie aufgetaucht.

Ein großes Haus mit spitz zulaufenden Giebeln, bunten Farben und Lampions. Es schien fast so, als wären sie binnen Sekunden einmal um die Welt gereist. Adrian erinnerte sich an diesen einen Animationsfilm, in dem ein Panda Kung-Fu lernen wollte und in genau so einem Haus gelebt und mit seinem Gänsevater Nudelsuppe verkauft hatte.

Zu dem Gebäude führte ein gepflasterter Steinweg, und rechts und links davon waren Schilfgräser und andere Sträucher angelegt.

Lukes Schreie rissen Adrian aus seinen Gedanken. Immer wieder waren es dieselben drei Worte: »Dustin ist tot!«

BEGEBT EUCH JETZT IN DAS TEEHAUS.

WENN IHR DAS NÄCHSTE SPIEL NICHT GEWINNT, STIRBT LUKE.

Was hatte KIRA gerade gesagt? Das konnte die doch nicht ernst meinen. Immerhin war vor nicht mal zehn Minuten ihr bester Freund Dustin vor ihren Augen kaltblütig ermordet worden.

»Was soll das?«, schrie Adrian Iris an und packte sie an der Schulter.

»Ihr müsst auf sie hören. Glaubt mir, sie meint das ernst.«

»Das hat sie ja schon unter Beweis gestellt.« In Adrians Augen sammelten sich Tränen. »Du hast Dustin auf dem Gewissen! Ich dachte, das ist dein Laden hier. Wieso tust du nichts? Wieso lässt du zu, dass sie uns umbringen?«

»Das ist Teil des Spiels«, hauchte Iris, und noch bevor sie weiterreden konnte, schubste Luke sie vorwärts und lief den Steinweg auf das chinesische Teehaus zu.

»Was glotzt ihr so?«, rief er ihnen zu. »Kommt mit!«

Im Inneren des Gebäudes sah alles wahnsinnig gemütlich aus. Kleine Tische mit Teekannen und filigranen Tässchen darauf, Sitzsäcke und Kissen auf dem Boden und ein angenehm schummeriges Licht verbreiteten eine gemütliche Stimmung. Unter anderen Umständen hätte man sich hier fast wohlfühlen können, doch der Schein trügte.

Wie angewurzelt blieben die Fünf stehen. Vor ihnen tanzte ein blaues Hologramm in der Luft auf und ab. Eine Abbildung ineinander verknoteter Hände.

»Ich habe so etwas schon mal gesehen«, erkannte Nancy. »Mein Vater hat mal eine Broschüre seiner Firma mit nach Hause gebracht. Für eins seiner Teambuilding-Events mit Maßnahmen für Manager und so. Darin waren verschiedene Kinderspiele abgebildet, und er hat sich noch darüber amüsiert, dass ehrgeizige Manager sich nicht auf Teamwork einlassen können. Das, was KIRA uns hier zeigt, heißt Gordischer Knoten.«

RICHTIG ERKANNT, NANCY.

FASST EUCH WIE IN DER ABBILDUNG GEZEIGT AN DEN HÄNDEN. IHR HABT 45 SEKUNDEN ZEIT, EUCH ZU ENTWIRREN.

WENN IHR EUCH WEIGERT, STIRBT LUKE.

WENN IHR LOSLASST, STIRBT LUKE.

WENN IHR -

»Ja, ist gut! Wir haben es verstanden«, unterbrach Luke sie. »Okay, Leute, kommt her. Wir spielen dieses verdammte Spiel!«

Eigentlich bewundernswert, wie gefasst Luke auf einmal bleiben konnte, wenn man die Tatsache berücksichtigte, dass diese kranken Menschen gerade mit seinem Leben spielten.

Angestrengt starrte Adrian auf die Abbildung des Hologramms. »Okay, Neil, ich glaube, du musst mir deine linke Hand geben.«

»Hm, nein, ich glaube, das ist Nancys linke.«

»Bist du dumm? Schau doch auf die Anzeige. Das ist dein Arm!«

»Nein, das ist Nancys.«

»Leute!«, unterbrach Luke sie barsch. »Können wir uns bitte konzentrieren?« In seiner Stimme war deutlich die Angst zu hören.

Kurz dachte Adrian darüber nach, was wohl gerade in ihm vorgehen musste. Noch immer hatte Luke Iris am Oberarm gepackt. Diese wirkte irgendwie abwesend und verstört. Ständig betrachtete sie erst die Abbildung und dann Luke.

Ihr Verhalten machte Adrian noch wütender. Ihr waren sie alle doch eh egal.

»Können wir uns jetzt bitte zusammenreißen?«, bat Luke sie erneut, diesmal mit zitternder Stimme. Die Freunde sahen sich an, und er deutete auf Nancy. »Okay, Nancy, du nimmst jetzt Iris' Hand.«

»Wieso sollte ich der die Hand geben? Damit sie sie mir bricht, oder was? Oder denkst du, dass ich ihr verziehen hab?«

»Reiß dich bitte zusammen ...«

»Es tut mir leid.« Sie gab Iris ihre Hand – und packte extra fest zu, bis die Wissenschaftlerin das Gesicht verzog.

»Okay. Neil, du nimmst die Hand von Nancy und Ad. Und du noch die von mir.«

Mit vor Schmerz zusammengebissenen Zähnen reichte Adrian ihm seine Hand. »Lange halte ich das nicht aus.«

»So, jetzt müsste es passen, oder, KIRA?«, fragte Luke nach oben zu einem der blinkenden roten Lichter.

GUT GEMACHT. ES GEHT LOS.

45.

44.

43.

Luke gab den Ton an und dirigierte die Gruppe. Zuerst schickte er Nancy und Neil unter seinem und dem gebrochenen Arm von Adrian hindurch.

»Seid vorsichtig, okay?«, bat er zunächst freundlich. Da sah er, wie sich die Blicke von Nancy und Neil für einen kurzen, viel zu vertrauen Moment trafen. Es erinnerte ihn wieder an den Kuss und den Verrat. Eifersucht kroch seine Adern entlang und weckte in ihm erneut diese unstillbare Wut.

»Aua, aua, mein Arm, Leute!«, stöhnte er, um den

Moment zwischen ihnen zu stören. Und es war nicht einmal gelogen, schließlich hatte er wirklich Schmerzen.

Ertappt drehte Neil seinen Kopf zur Seite und versetzte so Iris mit dem Ellenbogen einen Kinnhaken.

»Iris, du jetzt da rüber, los«, befahl Luke.

Dabei musste sie unter Nancys Arm hindurch, welche die Chance nutzte, um die Wissenschaftlerin energisch zu Boden zu reißen.

»Weißt du, was der Unterschied zwischen uns beiden ist?«, zischte sie. »Wenn du mal stirbst, dann bist du ganz allein und ohne Freunde, die um dich trauern werden.«

Ihre Aussage hatte gesessen, denn Iris schwieg.

»Nancy«, flehte Luke.

UM DAS SPIEL ZU GEWINNEN, MÜSST IHR EURE PROBLEME MITEINANDER VERGESSEN.

Mit einem Ruck zog Luke die Wissenschaftlerin wieder auf die Beine. Er wies sie an, unter Ads Arm durchzugehen. Dann deutete er auf Neil und Ad und hob seinen und Iris' Arm nach oben. Während die anderen seiner Anleitung folgten, versuchten sie, KI-RAs Worte zu ignorieren, so gut es ging.

VERGESST DIE VERTRAUENSBRÜCHE ...

Doch Nancy konnte nicht vergessen und zischte Iris erneut eine Drohung ins Ohr. Diese sah sie mit flehenden Augen an.

... DIE RÜCKSICHTSLOSIGKEIT, DEN VERLUST UND DIE TRAUER.

»Jämmerlich, wirklich«, fauchte Nancy verächtlich. »Du hast das doch alles ganz genau geplant, was? Wen bringst du als nächstes um?«

Die Forscherin wollte etwas sagen, doch die Worte blieben ihr im Halse stecken, denn Adrian zog sie mit sich nach unten. Nun mussten alle über Iris' und Nancys Arme steigen.

VERGESST DEN HASS, DIE EINSAMKEIT, DIE SCHMERZEN.

Adrian konnte Nancys Zorn verstehen. Diese Frau war schuld an Dustins Tod, schuld an ihrer Lage und indirekt sogar schuld an seinem gebrochenen Arm. An allem. Adrian wollte ihr das Leben zur Hölle machen. Niemand durfte ihn und seine Freunde so behandeln und so mit ihnen spielen.

Mit einem Ruck zog Luke sie wieder nach oben, und ein Signal ertönte. Mit teils weit ausgestreckten Armen standen sie in der Mitte des Raums. Sie hatten es geschafft. Sie waren entwirrt und hatten sich nicht losgelassen. Jeder, sogar Iris, trat einen Schritt zurück, um den Kreis größer zu machen. Gebannt starrten sie nach oben in Richtung der Überwachungskameras. Dann kam endlich die erlösende Nachricht.

IHR HABT DAS SPIEL GEWONNEN.

Erleichtert ließen die fünf sich los. Luke sank erschöpft zu Boden. Doch als Adrian zu ihm ging, um ihm anerkennend auf die Schulter zu klopfen, stieß dieser seine Hand weg und fauchte ihn wütend an: »Mir geht's gut!«

Normalerweise wäre Adrian auf so was eingegangen,

doch er wusste, dass bei Luke erst die Anspannung und die Panik abfallen mussten, bevor er normal mit ihm reden konnte. Also ließ er ihn in Ruhe und bemerkte, wie sich Iris verzweifelt im Raum umsah. Kannte sie diesen Ort etwa gar nicht? Am anderen Ende des Raumes entdeckte er eine Bar.

»Bevor das Finale starten wird, habt ihr euch eine halbe Stunde Pause verdient«, schallte plötzlich eine Männerstimme über sie hinweg. Es musste der komische Typ vom Anfang sein. Kai.

Neil ließ sich auf den Boden fallen, und Iris stürmte zur Theke. Nun standen nur noch Adrian und Nancy schweigend nebeneinander in der Mitte des Raums. Die Stille war kaum auszuhalten, und Adrian hatte das dringende Bedürfnis, irgendetwas zu sagen. Möglicherweise war es jetzt an der Zeit, über das, was zwischen ihnen passiert war, zu sprechen? Immerhin hatten sie in den letzten Stunden mehr durchgemacht als ein altes Paar während ihrer gesamten Ehe.

Gerade wollte Adrian ansetzen, als Nancy auf dem Absatz kehrtmachte und das Zimmer verließ. Er starrte ihr nach und beobachtete, wie sie in einem der Gänge, die weiter in das Innere des Teehauses zu führen schienen, verschwand.

»O Mann.« Wie sollte er es schaffen, je wieder normal mit ihr sprechen zu können? Er hatte richtig verkackt.

KAPITEL 19

Ziellos irrte Adrian durch die Gänge des Teehauses, bis es ihm fast so vorkam, als würde er durch ein Labyrinth laufen. An den Wänden waren chinesische Zeichnungen von Kranichen und Seerosen zu erkennen, und das gedämpfte Licht schimmerte in leichten Rosa- und Rottönen. Das Gebäude war bis in die hinterste Ecke durchgestylt. Nur ein Detail war unverkennbar überall gleich: die Kameras, die an den Decken unaufhörlich blinkten und jeden Schritt überwachten. Wütend starrte Adrian auf eines der Lichter und keifte: »Seid ihr zufrieden, oder was? Penner, ey.«

Missmutig ging er weiter den Gang entlang und suchte nach Nancy. Rechts und links zweigten immer wieder Türen ab. Adrian rüttelte daran, aber sie waren verschlossen. Jede einzelne.

Mensch, wo ist die denn hin? Sie kann doch nicht einfach vom Erdboden verschluckt worden sein? ... Oder doch? Immerhin ist es schon mal passiert.

Hastig lief Adrian weiter und versuchte, das komische Gefühl in seiner Magengrube zu vergessen, während er zur Sicherheit jede Tür kontrollierte. Gerade, als er aufgeben, umdrehen und zurück zu den anderen laufen wollte, sah er sie. Mit ihrem fliederfarbenen Pulli hätte er sie vor der lila Wand fast gar nicht erkannt. Nancy stand mit dem Rücken zu ihm gewandt und starrte auf eines der Gemälde. Plötzlich drehte sie sich um, hatte offenbar Adrians Schritte, die eilig nähergekommen waren, gehört. Für einen Moment sahen sie sich tief in die Augen.

»Nancy, können wir mal ...«, druckste Adrian herum, »na ja, du weißt schon ... mal reden?«

Zögerlich nickte Nancy und blickte Adrian erwartungsvoll an.

»Weiß nicht so recht, wie ich anfangen soll ... Wieso hast du es mir nicht gesagt?«

Nancy schwieg und starrte ihn fragend an.

»Das mit deiner Mum, mein ich.«

»Ich habe es ja versucht an dem Tag ... Aber du warst so beschäftigt mit deinem neuen Mustang.« Sie machte eine kurze Pause, bevor sie weitersprach. »Und dann war Neil für mich da ...«

»Aber du hast gar nicht traurig gewirkt. Vielleicht ein bisschen ruhiger als sonst, aber -«

»Adrian, meine ganze Welt hat sich an dem Tag auf den Kopf gestellt«, schnitt sie ihm das Wort ab. Verzweifelt sah er sie an. Natürlich verstand er sie, und natürlich wusste er, dass Nancy eben Nancy war und ihre Gefühle nicht immer so offensichtlich zeigte, gerade wenn es um ihre privaten Angelegenheiten ging. So hatte er sie schon kennengelernt. Und auch das war etwas, das er so an ihr liebte. Sie war nicht das Mädchen, das ständig von sich erzählte oder die ganze Zeit gefragt werden wollte, wie es ihr und ihrer Familie ging. Allgemein hatte er ihr die Dinge, die ihr Privatleben betrafen, immer aus der Nase ziehen müssen. Dass sie aus München hergezogen und früher in einer Wohnung mitten in der Maxvorstadt gelebt und zur Schule gegangen war, hatte er nur zufällig erfahren. Damals, als er bei ihr gewesen war und ihr Vater sich in seinem Arbeitszimmer lautstark über das Hamburger Finanzamt beschwert hatte, da das Münchner ja viel schneller wäre.

Adrian biss sich auf die Lippen. *Dieser bescheuerte Mustang ... Er war so ein Idiot gewesen.*

»Weißt du«, fing Nancy langsam an. »Ich wusste einfach nicht, wohin mit mir. Ich hab mich verändert, und ...«

Schnell griff Adrian nach ihrer Hand. »Nancy, hör mir zu, okay? Hör mir zu.«

Er wusste, worauf das hinauslaufen würde, und das wollte er auf keinen Fall. Ja, er hatte Mist gebaut, und ja, er hatte Nancy und alles, was sie für ihn getan hatte, nicht wertgeschätzt. Ständig hatte sie seine Auftritte organisiert, die Kostüme von seiner Mum abgeholt oder die Musik geschnitten. Sogar seine Hausaufgaben hatte sie ab und an für ihn erledigt, weil er mal wieder im Tonstudio oder bei einem Dreh gewesen war. Sie war immer für ihn da gewesen – aber er nicht für sie. Und das tat ihm unendlich leid.

»Nancy gib mir noch eine Chance.«

Gebannt starrte Adrian ihr ins Gesicht und versuchte zu erkennen, was in ihr vorging. Doch Nancy zog ihre Hand weg und sprach ernst: »Ad, ich bin dir dankbar, ja. Aber ich glaube, wir müssen selbst erst mal jeder für sich -«

»Ich änder mich auch für dich!« Er legte eine Hand auf Nancys Wange und blickte ihr tief in die Augen.

Das meinte er ernst. Jetzt war er ehrlich zu ihr, denn er wollte sie auf keinen Fall verlieren. Sein Herz schlug ihm bis zum Hals. Er wollte aufschreien und sich noch zehnmal entschuldigen und alles wiedergutmachen.

Aber ging es ihr auch so? In ihren Augen sammelten sich Tränen, und sie schüttelte langsam den Kopf. *Mensch, Nancy, das kannst du doch nicht machen ...*

Adrian ließ seine Hand sinken und seufzte.

Sie bedeute ihm so viel, dass er alles für sie tun würde. Das wusste er jetzt, und er bereute, was er im Wald zu ihr gesagt hatte. Dass er sie so sehr gehasst hatte, als er von dem Kuss erfahren hatte. Vielleicht musste er sie wirklich gehen lassen, um zu beweisen, dass er sie verstand, und einsehen, dass er den größten Fehler seines Lebens gemacht hatte.

Adrian schluckte. Nancys Worte hatten gesessen, und zum allerersten Mal hatte jemand eine Beziehung mit ihm beendet. Sonst hatte er das meistens getan, nachdem die Mädels ihm zu anstrengend oder lästig geworden waren. Bei Nancy war es jedoch immer anders gewesen.

»Ich werde dich vermissen«, gestand Adrian.

Sie begann zu lachen. »Spinner! Das heißt doch nicht, dass wir uns nie mehr wiedersehen. Ich hab es doch selbst gesagt: Wir sind eine Familie. In einer Familie ist man füreinander da.«

Über Adrians Gesicht huschte ein Lächeln. Zwar war er traurig, bemühte sich aber, Haltung zu bewahren. Das war noch so etwas, das er an ihr schätzte: Nancy war fair. Sie wollte stets, dass es den Leuten um sich herum gut ging, und oft vernachlässigte sie dabei ihre eigenen Bedürfnisse und stellte sie hinter denen ihrer Freunde an. Sie war einfach wundervoll.

»Weißt du noch, wie wir früher immer getanzt haben?«, fragte Adrian und vollführte eine kleine Drehung wie Michael Jackson. Das brachte Nancy normalerweise zum Lachen – wie auch jetzt.

»Klar weiß ich das noch.«

Ohne Frage, ihre Beziehung war eine schöne und einzigartige Zeit gewesen, und Adrian hatte noch immer Gefühle für Nancy. Und er glaubte, Nancys

Blick nach zu urteilen, dass es ihr ebenso ging. Aber jetzt musste er sie gehen und ihre Welt erst einmal selbst ordnen lassen, bevor sie beide vielleicht noch mal eine Zukunft haben könnten. Schnell drehte er sich um seine eigene Achse und wirbelte von rechts nach links.

»Au!« Er stoppte und hielt sich seinen Arm. Bei der ganzen Gefühlsduselei hatte er seinen gebrochenen Arm fast vergessen.

Nancy strahlte ihn an, und Adrian ging wieder auf sie zu, um sie eng an sich zu ziehen. Für ein paar Sekunden verharrten sie so und schwiegen. Ihre Haare rochen nach Rauch, und er spürte ihren Herzschlag an seiner Brust. Irgendwann, wenn sie es hier rausgeschafft und wieder zu Hause waren, würde er noch mal mit ihr reden.

Plötzlich nahm er aus dem Augenwinkel wahr, wie Neil vorsichtig in ihre Richtung sah. Auch Nancy hatte ihn offenbar bemerkt und löste sich langsam von Adrian.

»Ich muss auch mal mit Neil reden«, druckste sie herum. »Das, was er da vorhin abgezogen hat, war auch nicht okay …«

»Männer.« Adrian zuckte mit den Schultern und grinste kurz.

»O Mann, ey.« Lachend lief Nancy zwei Schritte rückwärts, ehe sie sich schließlich umdrehte und zu ihrem Kumpel ging.

Adrian sah ihr nach. Zu seiner Überraschung spürte er keine Eifersucht oder Wut in ihm aufsteigen. Neils Verhalten Nancy gegenüber, dass er sie einfach so verleugnet hatte, auch wenn es gelogen war, war alles andere als okay gewesen.

Seufzend wuschelte Adrian sich durch die Haare

und lief die Gänge entlang. Zurück zu Luke und Iris, die er fast schon wieder vergessen hatte …

KAPITEL 20

Als Adrian in den Eingangsbereich zurückkehrte, kam Luke mit einer antik aussehenden Teekanne hinter der Bar hervor und setzte sich allein an einen der kleinen Holztische. Er sah fix und fertig aus. Adrian spürte einen Stich. Es tat so unfassbar weh, dass Dustin tot war und Luke genau wie Nancy seinen besten Freund verloren hatte. Adrian bereute, wie er Luke in der Vergangenheit behandelt hatte. Niemand hatte das verdient.

Ihm fiel eine Szene aus der Schule ein. Sie hatten Sozialkunde gehabt, und Luke war zu spät gekommen. Der Lehrer hatte ihn nie wirklich gemocht und ließ ihn, kaum war er zur Tür herein, direkt an der Tafel stehen bleiben. Er hatte ihn mündlich über die Hausaufgabe ausgefragt, die Luke offensichtlich nicht gemacht hatte. Am Ende hatte Herr Straub ihn vor versammelter Mannschaft bloßgestellt, indem er der ganzen Klasse anhand von Lukes Beispiel die unterschiedlichen Schichten der Gesellschaft erklärt hatte. Er hatte von Lukes – in seinen Augen – »asozialem« Elternhaus erzählt und dass er ihren Kumpel schon mal bei der Hamburger Tafel beobachtet hatte.

»Nicht, dass er sich noch euer Pausenbrot klaut, passt lieber auf«, hatte er gesagt.

Die übrigen Schüler inklusive Adrian hatten ihn ausgelacht, während Luke zu Boden gestarrt und alles über sich hatte ergehen lassen. In diesem Moment musste er sich schrecklich gefühlt haben.

Heute tat es Adrian leid, wie er sich damals verhalten hatte. Eigentlich hätte er aufstehen und für seinen Freund einstehen, Partei ergreifen und ihn vor der ganzen Klasse verteidigen müssen. Aber das hatte er nicht getan.

Peinlich berührt sah Adrian weg und beschloss, Luke noch ein paar Minuten für sich allein zu geben, damit er alles, was passiert war, verarbeiten konnte. Dann erst würde Adrian auf ihn zugehen, um sich zu entschuldigen.

Am Fuß der Theke lehnte Iris, die sich ebenfalls etwas zu trinken geholt hatte. Nur war es kein Tee wie bei Luke, sondern eine weiße große Flasche mit blauem Etikett, welches Adrian sofort erkannte: Wodka.

Er musterte Iris, die mit verzerrtem Blick immer wieder kleine Schlucke nahm. Sie sah furchtbar aus. Neil hatte sie mit seinem Kinnhaken offenbar härter erwischt, als er gedacht hatte, denn ihre Lippe war aufgeplatzt und das Blut war auf ihre weiße Bluse getropft.

Sollte sie sich doch zudröhnen. Dann wäre es leichter, sie loszuwerden beziehungsweise vielleicht gab ihnen das sogar eine Chance, unbemerkt zu entwischen. Aber die Forscherin ließ ihm keine Ruhe. Noch immer trug er das Tagebuch bei sich, das Dustin ihm gegeben hatte. Was, wenn sich darin irgendein Hinweis befand, wie sie aus diesem verdammten Spiel ausbrechen konnten? Adrian setzte sich in eine Ecke, abseits der beiden anderen, und schlug das Tagebuch auf.

21. April 2021

Ein Rückschlag.
Heute ist etwas passiert, was niemals hätte passieren dürfen.

Ich habe mir nichts anmerken lassen, wollte nicht, dass jemand — vor allem nicht Kai — sieht, wie sehr es mich getroffen hat. Ich bin die Leiterin dieses Projekts und muss Haltung bewahren, muss stark sein für unsere Mitarbeiter und für Kai und meinen Kopf bei den Investoren hinhalten.

Jeder, der in der Forschung arbeitet, weiß, dass Experimente fehlschlagen können. Jeder trifft während seiner Karriere auf Situationen, die unangenehm sind und bewältigt werden müssen. Dafür ist man ja schließlich versichert … Nur, dass es uns beziehungsweise mich als Verantwortliche schon so früh treffen würde, hätte ich nicht erwartet.

Ich fühle mich überfordert und weiß gerade wirklich nicht, was ich tun soll.

Das ist meine erste Studie, mein erstes fremdgefördertes Experiment. Wenn die Investoren Wind davon bekommen, dann … Dann ist es vorbei. Das darf ich nicht zulassen. All die Arbeit, mein ganzes Studium, meine Ziele … Wozu all die Müde, der Schweiß und die Tränen?

Ich frage mich, wie es so weit kommen konnte. Kai hatte doch wochenlang an der Technologie gefeilt. Ich kenne Kai. Noch nie ist ihm solch ein Fehler unterlaufen. Selbst an der Universität war er bekannt dafür, immer genau und exakt zu arbeiten.

Als ich ihn im ersten Semester in der Neuroinformatik-Vorlesung kennengelernt habe, wusste ich, dass Kai zu Großem berufen ist. Er war und ist ein Genie auf seinem Gebiet.

Also wieso hat er dann diesen Fehler übersehen?
Liegt es daran, dass er aussteigen will?
Ja, ich habe die Mails vom MIT in seinem Postfach gesehen, und ja, ich weiß, dass Kai sich umgesehen hat und nach dem Abschluss durchaus auch einige Angebote von renommierten Einrichtungen in der Hand hatte.
Aber er hat sich für mich entschieden. Für meine Vision und für meine Geschichte.
Also wieso ist dieser Fehler passiert? War es Absicht?
Nein, nein, das kann nicht sein. Niemals würde er das ... Immerhin weiß Kai doch, wie sehr ich ...
Nein. Er würde mir niemals so in den Rücken fallen.
Für mich steht das Ziel der Studie an erster Stelle. Und genauso doch auch für ihn.
Auf die festen Parameter und Fakten, die uns die Wissenschaft bieten, können wir uns immer verlassen. Im Gegensatz zur menschlichen Interaktion, bei der wir beide den Absprachen, Aussagen oder Versprechungen anderer vertrauen müssen. So haben wir auch KIRA programmiert und all das hier ins Leben gerufen. Etwas, auf das wir immer bauen können.
Also: Was ist passiert?
Kai ist ganz normal vorgegangen, der Vorschrift entsprechend. Zunächst hat er kleine Gegenstände und später Mäuse durch das Portal zwischen dem roten Jagdtrophäen-Raum und der Eislandschaft hin- und hertransportiert. Aus KIRAs Scans ging hervor, dass im Anschluss alle Teilchen wieder am selben Ort, an ihrem genauen Platz zusammengesetzt worden waren ... Wie konnte es dann passieren, dass ein Proband ums Leben kam? Wir haben doch alles genau geplant.
KIRA hatte ihn vorher gescannt, und sowohl Kai als auch ich haben die Daten geprüft. Alles war okay.
Kais Blick werde ich nie vergessen. Dieses Funkeln in

seinen Augen, als er den Startknopf betätigte. Ich gebe zu, ich bin auch tierisch aufgeregt gewesen, habe aber versucht, es mir nicht anmerken zu lassen.

KIRA hat den Probanden gebeten, sich auf den Weg durch die Tür zu machen, und dann ging alles so schnell. Die Tür fiel ins Schloss, und wir haben nur noch Schreie gehört. KIRA und das System sind abgestürzt. Als wir im Jagdtrophäen-Raum angekommen sind und die Tür geöffnet haben, da ... Allein beim Gedanken daran wird mir wieder schlecht. Es war furchtbar.

KIRA hätte seine Vitalwerte noch einmal scannen sollen, bevor sie ihn teleportierte. Vielleicht wäre uns dann klar gewesen, dass er ... Sie war einfach noch nicht so weit. KIRA trifft keine Schuld ... nur mich. Ich hätte das nicht zulassen dürfen.

Ich muss Carmen darum bitten, noch einmal einen Reminder wegen unserer Verschwiegenheitserklärung loszuschicken. Den Eltern des Probanden stellen wir einen Scheck aus, die Versicherungspolice deckt das ab ... und wenn nicht, muss ich eben noch mal auf mein Erbe zurückgreifen ...

Und sobald dieses Experiment erfolgreich abgeschlossen ist und ich jedem zeigen kann, zu was KIRA fähig ist, bekommt auch Yasmin ihr Geld, ihren Teil des Erbes, und wir werden wieder eine Familie ...

Das verspreche ich.

Ja, genau so machen wir es.

Nur darf dieser Fehler niemals ans Licht kommen. Das Experiment muss weitergeführt werden. Ich muss herausfinden, ob Menschen ohne Emotionen, ohne Empathie geboren werden. Ob sie wirklich so leicht zu manipulieren sind, wenn ihre Geheimnisse ans Licht kommen, und wie weit sie gehen würden, um ihre eigene Haut zu retten.

Adrian hob den Kopf. *Krank.* Diese Frau hatte einen Mann auf dem Gewissen. Und Dustin. Zwei Menschen. Verständlich, dass sie sich betrinken musste, um mit sich selbst überhaupt klarzukommen.

Wie konnte ein Mensch nur so grausam sein? Was musste nur in ihrem Leben passiert sein, dass sie so böse war? Und wer war diese Yasmin?

Adrian wollte das Tagebuch gerade zuklappen, da fielen einige Zettel heraus, die er hastig wieder aufhob, damit Iris nicht mitbekam, dass er ihre Notizen hatte. Wobei, von hinter der Bar aus konnte sie ihn ja nicht sehen, oder? Adrian drehte sich um und vergewisserte sich, dass Iris immer noch an der Wand des Tresens lehnte und trank. Die Luft war rein.

Die Zettel waren vergilbt. Als er ein paar davon genauer betrachtete, erkannte er, dass es sich um Zeitungsausschnitte handelte. Wieso sammelte Iris die?

Mit zusammengekniffenen Augen versuchte Adrian, die Überschrift eines Artikels zu entziffern, doch es waren nur noch einzelne Wörter zu erkennen.

»Unfall, Familientragödie und Schwestern«, murmelte er leise vor sich hin.

Was das wohl zu bedeuten hatte?

Die Artikel waren aus den unterschiedlichsten Zeitungen, aber eins hatten sie alle gemeinsam: Sie stammten alle vom 8. Oktober 2004.

Neugierig blätterte Adrian weiter. In einem der Ausschnitte war ein Foto zu sehen. Es zeigte zwei Mädchen, die aussahen, als wären sie Geschwister. *Mädchen von A1-Unglück suchen neues Zuhause*, lautete die Überschrift.

Adrian schluckte.

Das meinte Iris also mit Erbe. Ihre Eltern waren bei einem Autounfall ums Leben gekommen, und Yasmin musste ihre Schwester sein. Der dazugehörige Artikel bestätigte das.

Langsam hob Adrian den Kopf und sah Iris an. Dann blätterte er weiter, bis er schließlich zu einer Stelle kam, an der ein Notizzettel eingeklebt war. Mit zitternden Händen las er sich die Aufzeichnung durch.

Mai 2005, Eintrag von Frau Marlene Yung, Kinderschwester im Alfred-Klagen-Kinderheim.
Yasmin Wegner vermittelt an Familie Weiß am 14. Mai 2005. Schwester Iris verbleibt aufgrund eines Vorfalls vorerst unvermittelt.
Das Paar wollte zunächst alle zwei adoptieren, jedoch war ihnen das Risiko zu hoch, Verantwortung für beide Schwestern zu übernehmen. Über Iris soll allerdings zu einem späteren Zeitpunkt erneut nachgedacht werden.

Iris wurde also zurückgelassen. Das war traurig, aber trotzdem rechtfertigte das nicht, dass sie Dustin und den Probanden auf dem Gewissen hatte und ihm und seinen Freunden das Leben zur Hölle machte.

»Ich hab nicht verstanden, wieso diese Typen es plötzlich auf dich abgesehen hatten«, riss Neils Stimme Adrian aus seinen Gedanken.

»Hm, ist doch klar. Ich habe mein Versprechen nicht gleich gehalten und wollte verhandeln«, erwiderte Luke kühl. Schnell verstaute Adrian das Tagebuch wieder und lauschte.

»Viel krasser fand ich eigentlich, dass ihr mich fast geopfert hättet, indem ihr so ein Drama gemacht habt beim Verknoten.«

Adrian versuchte, keinen Mucks zu machen. Luke sollte nicht wissen, dass er hier hinter der Wand gelehnt saß und ihr Gespräch mithören konnte, denn das, was er zu Ohren bekam, war sicher nicht für ihn bestimmt.

»Aber hey, ich mach euch keinen Vorwurf. Immerhin hab ich Adrian und mich im allerersten Spiel von euch getrennt, hab mich mit dem Idioten geprügelt, anstatt die Aufgaben zu lösen. Ich bin dafür verantwortlich, dass wir überhaupt an diesem blöden 24-Stunden-Spiel teilnehmen. Hätten wir uns nicht geprügelt, wären die Rätsel im Raum gelöst worden und wir hätten einfach nach Hause spazieren können. Dann hätte ich Nancys und dein Geheimnis nicht verraten. Für Wasser, Junge! Für Wasser! Was für ein peinlicher Möchtegern-Freund bin ich eigentlich? Und hätte ich nicht zugestimmt, dann wäre Dustin noch am Leben. Punkt. Also ehrlich. No Cap, ich mach euch keinen Vorwurf.«

Eine Weile sagte keiner etwas, und Adrian hielt den Atem an.

Ganz schön reflektiert, der Junge. Aber nicht alles war seine Schuld. Ich hab auch Fehler gemacht.

»Da hast du mit deinem Kuss ja ganz schön was ausgelöst, was?«, unterbrach Luke das Schweigen.

»Und du warst der perfekte Wingman.«

»Teilschuld?«

»Auf Dustin«, sagte Luke feierlich, und im nächsten Moment hörte Adrian, wie zwei Tassen aneinandergestoßen wurden.

O Dustin ... Was sollen wir nur ohne dich machen?

Eine Träne rann seine Wange hinab. Jetzt, wo er wusste, dass Iris noch eine Person auf dem Gewissen hatte, schmerzte Dustins Tod umso mehr ... Adrian hätte es verhindern müssen. Aber das hatte er nicht.

»Sag mal, wie geht's dir eigentlich?«, sprach Neil vorsichtig weiter.

»Wie meinst du? Wie soll's einem nach dem Ritt schon gehen?«

»Nein, ich mein, generell so.«

Es dauerte eine ganze Weile, bis Luke auf Neils Frage einging: »Weißt du, ich kann irgendwie nicht so richtig drüber reden, aber ... Jetzt, wo Dustin nicht mehr da ist, muss ich es wahrscheinlich mal tun ...«

»Du weißt, dass du mir alles erzählen kannst. Ich bin für dich da, Bro.«

»Ich war vier, als mein Vater das erste Mal ausgerastet ist. Meine Mum hat er grün und blau geschlagen und ich ... Ich hab mich unter dem Tisch versteckt und mit Spielzeugautos abgelenkt ... An meinem ersten Schultag, da hatten alle eine Schultüte und ich 'n blaues Auge. So ein Wichser, ey.« Er schnaubte verächtlich. »Als meine Mum uns dann verlassen hat, gab's nur noch mich und ihn. Und sein Aggressionsproblem.«

Stille. Adrian konnte nicht glauben, was er da hörte. Ja, er hatte geahnt, dass Luke Probleme zu Hause hatte, aber dass es gleich so krass war, hätte er nicht gedacht.

»Ich erinnere mich noch genau an den Tag, an dem meine Mutter gepackt hat und einfach gegangen ist. Sie hat den braunen Koffer vom Dachboden geholt und hektisch ihre wichtigsten Sachen zusammengesucht und reingeschmissen. Nur ihren blauen Schal konnte sie nirgendwo finden.« Seine Stimme zitterte. »Sie hatte mich angeschrien, ich solle nach ihm suchen, sie brauche ihn, dringend. Aber ... Was sie nicht wusste, war, dass ich ihn in meiner Schultasche versteckt hatte. Ich wollte nicht, dass sie geht ... Dachte, wenn sie ihn nicht findet, dann bleibt sie vielleicht ... Keine Ahnung ... Ich meine, welche Mutter macht so etwas? Welche Mutter lässt ihr eigenes Kind bei 'nem versoffenen Alten zurück? Als mein Vater nach Hause gekommen ist und sie beim Packen erwischt hat ...«

»Und was hast du dann gemacht?«, fragte Neil fassungslos.

»Hab die Polizei angerufen und den Notruf gewählt. So fünf Minuten später, keine Ahnung, hat sich angefühlt wie eine Ewigkeit, kamen dann der Krankenwagen und ein paar Leute mit Uniform.«

»O Luke, das tut mir so -«

»Ne, ne, ist okay. Hab 'ner Frau vom Jugendamt dann den Schal gezeigt und ja, alles erzählt. Sie hat mich in meine erste Pflegefamilie gebracht. Dann ging das Hopping los ... Aber weißt du, Dustin war der Grund, wieso ich trotzdem weitergemacht hab. Er hat mir Mut gemacht und mich zu jeder Anhörung vor dem Jugendamt begleitet. Die Uhr, die ich Adrian geklaut habe ... Ich habe sie gebraucht, um den Gerichtstypen zu bezahlen. Ich weiß, dass das falsch war, aber wie hätte ich es denn sonst machen sollen? Meine größte Angst ist, dass ich so werde wie mein Vater.«

Plötzlich krachte etwas.

»Was rede ich da? Ich *bin* so wie er! Ich werde aggressiv, wenn ich in Stress gerate. Ich hab Adrian den Arm gebrochen ...«

Mucksmäuschenstill harrte Adrian aus. Luke weinte. Es schien fast so, als würden all der Schmerz und die Last, die er all die Jahre mit sich herumgetragen hatte, mit jeder Träne ein Stück aus ihm herausfließen. Am liebsten wäre Adrian aufgestanden und hätte Luke fest an sich gedrückt.

»Du bist nicht wie er!«, sagte Neil streng. »Das bist du nicht! Glaubst du, dein Vater würde sich solche

Gedanken machen? Nein, auf gar keinen Fall. Ich bin froh, dein Freund zu sein. Ehrlich. Ich weiß, dass ich mich immer, immer auf dich verlassen kann. Immer. Und ja, Adrians Arm ... Der wird das schon überleben.«

Adrian schämte sich dafür, so ein Arsch gewesen zu sein. Nie hatte er auch nur daran gedacht, Luke zu fragen, wie es ihm geht oder ob er Hilfe brauchte. Stattdessen hatte er hinter seinem Rücken noch über ihn gelästert.

»Guck dir den Idioten doch bitte an. Der hat auch andere Probleme gerade. Nancy hat sich von ihm getrennt und mich ... Mich hat sie auch abserviert.« Neil lachte verhalten. »Hoffe, dass ich mal mit Adrian reden kann ... war echt nicht so cool von mir, dass -«

MACHT EUCH BEREIT FÜR DAS FINALE.

HALTET 30 MINUTEN DURCH. DER GEWINNER DARF DAS SPIEL VERLASSEN. DEN PREIS FÜR DEN SIEG ZAHLEN DIE ANDEREN.

Verdammt. In der ganzen Aufregung und mit seinem Gefühlschaos hatte Adrian vergessen, dass er mithilfe des Tagebuchs eigentlich hatte einen Weg hier rausfinden wollen. Schnell robbte er ein paar Meter von Luke und Neil weg und um die Ecke. Dann rappelte er sich auf. Auch Nancy kam zurück in den Eingangsbereich des Teehauses gelaufen und stellte sich neben ihn.

Plötzlich ertönte ein Klirren, und Adrian fuhr herum. Die Wodkaflasche war zerbrochen, und Iris stöckelte durch die Scherben auf sie zu.

Wieso dackelt uns die Tante immer noch hinterher? Wir müssen die doch irgendwie loswerden können ...
»Was meint KIRA damit?«, fragte Adrian in die Runde, aber niemand antwortete.

**BASIEREND AUF DEN ERGEBNISSEN DER BISHERIGEN SPIELE HABE ICH DIE PARAMETER FÜR DAS FINALE NEU FESTGELEGT.
DIE ANALYSEN HABEN ERGEBEN, DASS DIE GRUPPE NICHT NACH DEN ERRECHNETEN FAKTOREN HANDELT. DESWEGEN SIND IN DER FOLGENDEN AUFGABE ALLE PROBANDEN DAZU AUFGEFORDERT, IHR INDIVIDUELLES ÜBERLEBEN GEGEN DAS ÜBERLEBEN DER GRUPPE ABZUWÄGEN.**

»Hä, was meint sie denn jetzt damit?«, fragte Neil verwirrt und fuchtelte wild mit den Armen.

Nancy antwortete: »Keine Ahnung. KIRA, kannst du uns das noch einmal erklären, bitte?«

Aber die KI schwieg.

Was hatte das zu bedeuten?

KAPITEL 21

Mit einem Ruck flogen die Türen des Teehauses auf, und das gleißende Licht blendete die Freunde so sehr, dass Adrian seinen gesunden Arm hob, um ihn sich schützend vors Gesicht zu halten. Nur ein paar Augenblicke später fühlte er beißende Kälte, die sich durch seine dünne Kleidung fraß.

Unsicher sah Adrian sich um. Nur wenige Meter von ihnen entfernt stand eine Holztür, die er sofort wiedererkannte. Es war dieselbe Tür, durch die Luke sie beide vorhin hindurchgeschubst hatte. Jetzt, wo Adrian über das Geheimnis der Tür und das, was damals im Jagdtrophäen-Raum passiert war, Bescheid wusste, überlief ihn ein Schauer. Es war ohne Zweifel mit das Grauenvollste, was Adrian bisher gehört hatte. Wie mussten sich wohl die Eltern und Freunde des toten Probanden fühlen?

Plötzlich traf es Adrian wie ein Blitz. Was wohl seine Mum gerade durchmachte? Sie hatte bestimmt etliche Male versucht, ihn auf dem Handy zu erreichen oder sogar schon die Polizei gerufen. Wie spät war es überhaupt?

»Guter Witz. Das machen wir nicht noch einmal«, schnaubte Neil abfällig. Demonstrativ drehte er sich um und wollte gerade zurück in das Teehaus marschieren, als ihm die Türen direkt vor der Nase zugeschlagen wurden.

»Habt ihr sie noch alle? Meine Finger hätten dazwischen sein können, Mann.«

»Hast du es etwa immer noch nicht verstanden?«, fragte Nancy und ging unbeirrt tiefer in den Wald hinein.

»Vielleicht sollten wir uns wieder trennen, was?«, scherzte Luke und klopfte Adrian auf die Schulter.

Warum auch immer musste Adrian lachen. Ausgerechnet jetzt, in diesem Moment, musste er über Lukes schlechten Witz lachen. Vielleicht lag es daran, dass er seinen Freund nun in einem anderen Licht wahrnahm, oder die Kälte spielte ihm Streiche.

»Sagt mal, hört ihr das auch?«, bemerkte Iris vorsichtig und sah in den Himmel.

Bevor Adrian etwas sagen konnte, hatte sich Luke bereits vor ihr aufgebaut. »Jetzt hört die schon Stimmen.«

»Im Ernst. Hört ihr das?« Iris klang energischer, und sofort hatte Adrian wieder die Bilder aus den Tagebucheinträgen im Kopf. Sie war die Chefin dieses Ladens. Sie hatte nicht nur Dustin kaltblütig ermordet, sondern auch diesen Probanden einfach in den Tod gehen lassen.

»Ne, ich glaube, dein Oberstübchen läuft nicht mehr ganz rund«, spottete Luke und klopfte mit der Faust gegen Iris' Stirn. Zu Adrians Überraschung wehrte sie sich nicht.

Der Wind wirbelte den herumliegenden Schnee auf und begann, zu brausen und zu tosen. Was hatte das zu bedeuten? Eilig lief Adrian hinter Nancy und Luke her, vorbei an der Holztür und immer tiefer in den Wald hinein, bis er schließlich zu einem Abgrund kam.

Am Horizont ging die Sonne unter, und der Wind wurde stärker. Plötzlich rief Nancy nach ihnen.

Schnell wandte Adrian sich von der Aussicht ab und eilte zu ihr. Als er sie erreichte, entdeckte er fünf Baumstämme, die vor ihnen in einem Halbkreis aufgereiht waren. In ihrer Mitte war eine brennende Fackel in den Schnee gesteckt worden. Luke beschimpfte wütend KIRA, das Spiel und die Spielmacher. Doch die KI unterbrach seine Pöbelei.

UM DAS SPIEL ZU GEWINNEN, MÜSST IHR DURCHHALTEVERMÖGEN BEWEISEN. STEIGT AUF DIE BAUMSTÄMME. WER SEINEN PLATZ VORZEITIG VERLÄSST, VERLIERT DAS SPIEL UND TRÄGT DIE KONSEQUENZ.

»Auf gar keinen Fall! Wie stellen die sich das vor? Die befehlen und wir folgen?«, rief Neil fassungslos. »Nein, das machen wir nicht. Ich streike!« Bockig setzte er sich auf einen der Baumstämme und verschränkte wütend die Arme vor der Brust.

Adrian und Luke nickten sich einig zu. Sofort taten sie es Neil gleich.

Adrian wollte nur noch nach Hause. Erst ins Krankenhaus in Eppendorf, dann heim in sein Bett und die Bruschetta-Sandwiches seiner Mum verdrücken. Dieses ganze Spiel brachte ihn an seine Grenzen, und sein Arm pochte und schmerzte mit jeder Minute mehr. KIRAs Worte hallten immer wieder durch seinen Kopf.

Was meinte sie mit: *Den Preis für den Sieg zahlen die anderen?* Was wollten diese Typen beweisen? Was war der Sinn dieses ganzen Spiels? Iris hatte es ihnen in der Western-Stadt zwar versucht zu erklären, aber er stieg nicht dahinter.

»Das macht doch alles keinen Sinn!«, rief Nancy, rannte mit schnellen Schritten auf die brennende Fackel zu und ergriff sie. »Habt ihr immer noch nicht kapiert, dass sich weigern nur mit Schmerzen oder Schlimmerem endet? Lasst es uns durchziehen!«

Nice. Richtig Badass. Wie sie da so stand mit der Fackel und beiden Beinen fest im Schnee, erinnerte sie Adrian an Okoye, die Generalin der *Dora Milaje* aus dem *Marvel Black Panther Universum*. Das Flackern des Feuers tanzte über ihr Gesicht und umspielte ihre dunklen Augen. In diesem Licht sah sie einfach nur wunderschön aus.

Sie trat hinter einen der Baumstämme und ermutigte die anderen mit einer Kopfbewegung, es ihr gleichzutun. Adrian nickte und stand auf. Sie würden es durchziehen. Sie mussten einfach. Luke und Neil erhoben sich ebenfalls von ihren Stämmen und stiegen darauf. Die Wissenschaftlerin folgte als Letzte.

»Und eins noch«, durchbrach Nancy die heroische Stimmung. »Alle dürfen gewinnen. Außer Iris.«

Geschieht ihr recht.

Adrian sah sich verunsichert um. Was würde jetzt passieren?

Schlagartig wurde es dunkel um sie herum. Der Wind nahm erneut zu, brachte die Bäume im Wald zum Biegen. Der aufgewirbelte Schnee und der immer stärker werdende Sturm entwickelten sich zunehmend zu einem Blizzard, der ihnen die Schneeflocken in die Gesichter peitschte. Es dauerte nicht lange, und sie waren über und über mit Schnee bedeckt. Ihre Klamotten sogen sich voll, und sie zitterten vor Kälte.

TEMPERATURABFALL AUF MINUS FÜNF GRAD.

Nur mit Mühe konnte Adrian KIRA verstehen, aber langsam dämmerte es ihm. Ihre Ansprache war wörtlich gemeint: Sie mussten die Kälte überstehen und Durchhaltevermögen beweisen. Darum auch die Fackel. Das Feuer würde sie wärmen. Blöd nur, dass Adrian lediglich sein T-Shirt trug, da seine Sweatjacke als Schlinge für seinen Arm herhalten musste.

In den Gesichtern seiner Freunde sah er, dass auch sie mit der Kälte kämpften. Adrian stöhnte auf vor Schmerz. »Leute, ich kann meinen Arm nicht mehr spüren.«

Mitleidig sah Nancy ihn an. Noch immer hielt sie die Fackel in der Hand und bemühte sich, sie vor dem brausenden Wind zu schützen, so gut es ging.

»Nancy, gib mir die Fackel«, rief Adrian ihr zu, schärfer als beabsichtigt.

Ohne zu zögern, gab sie sie weiter. Das wärmende Feuer kribbelte auf Adrians Wangen, und er spürte, wie das Blut durch seine Adern schoss.

»Gib mir die Fackel«, nuschelte nun Luke mit klappernden Zähnen. Wie in Trance drehte sich Adrian zu ihm nach rechts. »Gib sie mir!«

»Ja, ist ja gut«, versuchte Adrian ihn zu besänftigen und reichte sie ihm.

»Nur für ein paar Minuten.«

Das Klappern von Neils Zähnen war selbst durch den Sturm zu hören. Oder bildete Adrian sich das ein? Offenbar hatte sein Kumpel irgendwo im Teehaus seine Jacke ausgezogen und sie dort vergessen. Jetzt stand auch er im T-Shirt im Schneesturm. Der Schnee fiel mittlerweile so dicht, dass er Neil kaum noch erkennen konnte. Aber wenn einer die Fackel wirklich dringend brauchte, dann war er es.

TEMPERATURABFALL AUF MINUS ACHT GRAD.

Der Sturm wurde stärker. Adrian sah zu Neil, der inzwischen so sehr zitterte, dass er fast schon drohte, vom Baumstumpf zu fallen.

»Luke, gib mir die Fackel, gib mir die Fackel jetzt!«, brüllte Adrian gegen das Unwetter an.

»Nein!«

»Luke! Die Fackel muss zu Neil, jetzt.«

Widerwillig gehorchte Luke. An Nancys Gesicht zeichneten sich bereits blaue Erfrierungsmale ab, und sogar ihre Hände waren betroffen. Eigentlich brauchte auch sie das wärmende Feuer. Wie lange sollte das noch so weitergehen? Sie würden alle erfrieren! Adrian spürte seine Zehen nicht mehr. Seine Lippen und Gliedmaßen fühlten sich seltsam taub an.

»Adrian! Hör auf mit dem Scheiß, die Fackel muss zu Neil!«, flehte Nancy ihn an, und er sah verstohlen zu Iris, die bibbernd zwischen ihm und seinem Kumpel stand.

»Garantiert werd ich ihr die Fackel nicht geben!«

In Nancys Blick lag Verzweiflung, doch was sollte er machen? Nur über seine Leiche würde er dieser Frau die Fackel geben. Die würde sie sofort in den Schnee werfen und dafür sorgen, dass sie alle starben!

»Neil! Kannst du fangen?«

Durch das Schneetreiben glaubte Adrian, ein Nicken zu erkennen, und machte sich bereit.

»Nein, das ist viel zu gefährlich!«, schrie Iris. »Ich verspreche dir, ich gebe die Fackel weiter.«

»Deine Versprechen kennen wir!«, schnauzte Nancy sie an.

Sie hatten keine Zeit für Diskussionen. Adrian

musste handeln. Und das tat er. Er warf. Wie in Zeitlupe streckte Neil seine Hand nach der fliegenden Fackel aus, doch der Wurf verfehlte knapp das Ziel. Beim Versuch, sie zu schnappen, verlor er das Gleichgewicht und fiel rücklings vom Baumstamm.

»Neil!«, brüllte Adrian. Der Schneesturm war inzwischen so heftig, dass er nichts mehr von seinem Freund sehen konnte. Erneut rief er nach ihm, und auch Luke und Nancy schrien verzweifelt seinen Namen, doch es kam keine Antwort. Der Sturm trug ihre Rufe davon.

SPIELER VIER AUSGESCHIEDEN.

TEMPERATURABFALL AUF MINUS ZEHN GRAD.

Wo war er? Neil konnte doch nicht einfach so verschwunden sein! Sie mussten etwas unternehmen.

»Was ist passiert? Wo ist er hin?«, rief Adrian und suchte verzweifelt in Iris Gesicht nach einer Antwort, doch die sah genauso überrascht und überfordert aus wie Nancy und Luke.

Waren das die Konsequenzen, von denen KIRA gesprochen hatte?

»Wir müssen ihn suchen!«, entschied Luke.

»Ich komm mit!«, entgegnete Nancy, aber er hielt sie zurück.

»Nein, du musst hierbleiben und das Ding hier gewinnen. Für Dustin, für Neil, für uns alle! Lass nicht zu, dass sie gewinnt.« Er deutete auf Iris. »Auch wenn das bedeutet, dass wir vom Spiel disqualifiziert werden und möglicherweise niemals nach Hause kommen. Wir können Neil nicht im Stich lassen.«

Luke hatte recht, das war Adrian klar. Wenn dieses Spiel ihn eins gelehrt hatte, dann dass Freundschaft, Liebe und Rücksicht aufeinander die wichtigsten Werte waren, für die es sich zu kämpfen und zu Leben lohnte.

Ein letztes Mal sah Adrian Nancy an. Er versuchte, sich alles an ihr genau einzuprägen. Die dunklen Augen, die vollen Lippen und die ungleichen Wangenknochen, nur für den Fall, dass er sie vielleicht nie wiedersehen würde. Dann stieg er von seinem Baumstumpf, und ein dumpfer Ton erklang. Luke tat es ihm gleich.

SPIELER EINS AUSGESCHIEDEN.

SPIELER ZWEI AUSGESCHIEDEN.

KAPITEL 22

Einen Moment warteten die beiden ab. Warteten darauf, dass KIRA etwas tun oder dass der Wind sie genau wie Neil wegpusten würde, doch nichts geschah. *Seltsam.* Also machten sie sich auf und stapften gemeinsam in den Schneesturm.

Eine Weile kämpften sie sich durch den mittlerweile gut 50 Zentimeter hohen Schnee. In ihrer durchnässten Kleidung froren sie am ganzen Körper.

»Neil muss doch hier irgendwo sein«, murmelte Adrian vor sich hin.

Was sollten sie Nancy erzählen, wenn sie ihn nicht fanden? Oder schlimmer noch: Was, wenn sie es hier rausschafften? Jedoch ohne Nancy, ohne Neil und ohne Dustin. Was sollten sie seiner Mutter sagen? Wie sollten sie ihr sagen, dass ihr einziger Sohn tot war?

Und er war schuld.

Schweigend stapfte Adrian weiter hinter Luke her. Plötzlich schrie dieser auf. »Da vorne! Los komm!«

Die beiden rannten los, so gut es ihnen in dem tiefen Schnee möglich war. Sie ignorierten die eisige Kälte und konzentrierten sich nur darauf, vorwärtszukommen. Und tatsächlich: Dort, weiter unten am Hang des Berges, lag Neil, der schon fast vollkommen mit Schnee bedeckt war. Seine Lippen waren blau, und an seinen Wimpern und Augenbrauen hatten sich winzige Eiskristalle verfangen.

»Hey, Kumpel, wir haben dich«, rief Luke und wischte den Schnee von ihm weg.

Vorsichtig stützten sie ihn und redeten ihm gut zu. So kam Neil allmählich wieder zu sich. Adrian versuchte zu helfen, doch sein gebrochener Arm war ihm im Weg, sodass Luke ihren Freund allein über die Schulter hieven musste.

»Alles wird wieder gut«, sagte Adrian und blickte Neil in die Augen. »Das verspreche ich dir, Bro.«

Diese Worte bedeutetem ihm viel, denn er meinte damit nicht nur Neils Erfrierungen, sondern auch ihren Streit um Nancy und ihre missliche Lage.

Gemeinsam machten sie sich auf den Rückweg, den Berg wieder hinauf und zurück zu ihr. Doch plötzlich ließ der Sturm nach. Hatte Nancy es geschafft?

Als sie oben ankamen, sah Adrian, wie Nancy am Boden lag und Iris sie festhielt.

Was hatte sie gemacht? Hatte sie sie umgebracht?

Hastig rannte auf die beiden Frauen zu. Mit einem Ruck stieß er Iris weg und zog Nancy an sich.

»Nancy, alles okay? Geht es dir gut?« Adrian drückte sie fest an seine Brust. Vorsichtig tastete er sie ab. »Bist du okay?«

»Ja, Iris hat mir geholfen.« Nancys Stimme zitterte.

»Bitte, was?«

»Ja. Iris war der Grund, weshalb ich nicht aufgegeben habe. Sie hat mich motiviert und angefleht durchzuhalten. Sie ist gut und meint es ehrlich mit uns, glaub mir.«

»Aus der werd ich einfach nicht schlau, aber ich bin froh, dass es dir gut geht«, antwortete Adrian und musterte Iris von oben bis unten. Wieso hatte sie ihnen bloß geholfen?

»Ohne sie hätte ich aufgegeben.«

»Ich bin so froh, dass dir nichts passiert ist.«

Er war unfassbar stolz auf Nancy und dankbar, dass sie es geschafft hatte und er sie wiedersehen konnte. Aber die Umstände machten ihn nachdenklich.

War Iris am Ende doch nicht so schlimm?

Kurz nickte er der Wissenschaftlerin zu, die die Geste mit einem sanften Lächeln erwiderte. Luke half Neil gerade dabei, sich auf einen der Baumstämme zu setzen, als KIRAs Stimme die eiskalte Luft durchschnitt.

**HERZLICHEN GLÜCKWUNSCH.
NANCY UND IRIS, IHR HABT DAS SPIEL
GEWONNEN. DEN PREIS FÜR EUREN SIEG
ZAHLEN NUN DIE ANDEREN.**

**NANCY, ENTSCHEIDE DICH JETZT, WER FÜR
DEINE FREIHEIT STERBEN SOLL.**

Entsetzt blickte Adrian zu Nancy und sah die Angst in ihren Augen.

»Du hinterhältiges Stück!«, brüllte sie hinauf in den Himmel. »Wer gibt dir das Recht, so etwas von mir zu verlangen, hm? Na los, sag schon!« Ihr stiegen die Tränen in die Augen.

Iris war näher an sie alle herangetreten und nahm Nancy sanft an beiden Schultern. »Hey, hey, beruhige dich. Es ist okay. Ich habe euch in diese Lage gebracht und bin für all das hier verantwortlich.« Sie atmete tief durch. »Wähle mich.«

Was? Ungläubig starrte Adrian sie an. Meinte sie das etwa ernst? Würde sie sich wirklich für sie opfern? Nach allem, was passiert war?

Über Nancys Gesicht kullerten Tränen, und Adrian

legte ihr behutsam eine Hand auf den Rücken, als könnte er ihr so Kraft geben. Nancy schniefte und schüttelte den Kopf. »Niemals«, flüsterte sie. Dann begann sie mit fester Stimme zu sprechen: »KIRA, ich verzichte auf meinen Sieg.«

»Ich auch«, ergänzte Iris. Die beiden Frauen standen sich gegenüber, sahen sich in die Augen und hielten sich fest an den Händen.

In diesem Moment ertönte ein Knall, der Adrian herumfahren ließ. Eilig taumelten die Freunde zurück und suchten Schutz hinter ein paar Bäumen. Was passierte hier? Rauch stieg auf, durch den Adrian kaum noch etwas erkennen konnte. Woher kam er her? War das etwa KIRAs Rache? Wenn es keinen Gewinner gab, dann auch keine Freiheit.

Oder?

Sie warteten einige Momente ab, ob etwas passieren würde, ob KIRA ihre Wut an ihnen auslassen würde, doch als sich der Qualm verzogen hatte, schallte eine vertraute Stimme durch den Wald: »Da ist man mal fünf Minuten weg, und auf einmal haben sich alle lieb, oder was?«

Adrian konnte seinen Ohren nicht trauen. Luke war aufgesprungen und lugte hinter einem der Bäume hervor. Das war schlicht und einfach unmöglich! Tränen sammelten sich in Adrians Augen, und er stieß einen freudigen Pfiff aus. Dort, zwischen den Baumstämmen, stand Dustin mit einem großen Vorschlaghammer in der Hand.

Das Grinsen in Adrians Gesicht wuchs und wuchs. Er rannte überglücklich auf seinen Kumpel zu. »Ich wusste schon immer, dass der Typ krass ist!«, jubelte er und fiel Dustin um den Hals.

Luke war ungläubig vor ihrem Freund stehen

geblieben und musterte ihn von oben bis unten. »Bist du's wirklich?«

»Yes, Bro, live und in Farbe«, antwortete Dustin mit einem Augenzwinkern.

Erleichtert schloss Luke Dustin in seine Arme und Nancy, die weinte vor Freude, drückte sich ebenfalls eng an Dustin. Nur Neil sah aus, als hätte er einen Geist gesehen.

»Ich bin's wirklich, Diggi«, versprach Dustin. Er ließ den Vorschlaghammer in den Schnee fallen. Erst nach einer Weile lösten sich alle wieder voneinander und liefen zurück zu den Baumstämmen.

»Aber wie?«, fragte Luke, während er auf Dustins verbundene Schulter zeigte. Dieser setzte sich hin und deutete auf Iris. Er griff in seine Hosentasche und holte einen kleinen schwarzen Würfel hervor.

»Iris. Sie hat ihn mir zugesteckt, und als sie geschossen hat, hab ich ihn aktiviert.« Er hielt den Würfel in die Luft, sodass ihn alle anschauen konnten. »Der Magnet hat das Signal gestört, und KIRA konnte mich nicht mehr sehen.«

Diese Iris. War alles, was sie getan hatte, nun doch gut gewesen?

»Starke Leistung«, gab Luke anerkennend zu und klopfte der Wissenschaftlerin auf den Rücken.

»Und der Schuss?«, fragte Nancy, die noch immer vor Kälte zitterte. »All das Blut …«

»Ging direkt in die Schulter«, erklärte Dustin und deutete auf seine Wunde, die notdürftig mit schwarzem Klebeband verbunden war. »Gut, dass du getroffen hast.«

»Na ja, als Nancy sich zwischen uns gestellt hat, hatte ich kurz schon Angst bekommen, der Plan würde nicht aufgehen. Ich bin froh, dass ihr nun die

Wahrheit kennt.« Die Erleichterung stand ihr ins Gesicht geschrieben.

»Das heißt, du wolltest uns von Anfang an immer nur helfen?«, bohrte Adrian nach.

»Na ja, anfangs hab ich noch ein anderes Ziel verfolgt, aber mir ist klar geworden, dass ich mit meiner Arbeit zu weit gegangen bin. Ich habe mich blenden lassen von meinem Ehrgeiz, und meine Vergangenheit stand mir im Weg.«

»Tut mir leid, dass ich so eklig zu dir war«, gestand Nancy.

»Kein Problem. Weißt du, du erinnerst mich an jemanden, den ich mal kannte und den ich sehr vermisse. Sie müsste jetzt etwas älter sein als du.«

»Klingt nach einer tollen Geschichte«, erwiderte Nancy schmunzelnd. »Erzählst du sie mir?«

»Sobald wir hier raus sind.« Iris machte eine Kopfbewegung in Richtung Wald.

Adrian wusste, von wem sie sprach. Und jetzt verstand er auch, weshalb Iris Nancy unbedingt davon hatte abhalten wollen, sich von der Klippe zu stürzen. Sie wollte nicht für noch einen Tod verantwortlich sein. Vermutlich hatte sie nach dem Duell mit Dustin zurück in die Zentrale gewollt, um ihn und seine Freunde hier rauszuholen.

»Sagt mal, Leute«, riss Dustin Adrian aus seinen Gedanken, »habt ihr auch Lust, das Spiel ein für alle Mal zu beenden?«

»Aber so was von!«, antworteten sie alle im Chor.

KAPITEL 23

»Jemand 'ne Idee?«, fragte Adrian.

Nancy überlegte kurz und wandte sich dann an Iris. »Hast du nicht etwas von schwarz oder weiß erzählt?«

»Ja, KIRA ist eine Maschine. Sie versteht nur eindeutige Signale und Befehle.«

»Dann liegt die Lösung doch klar auf der Hand«, bemerkte Dustin.

Adrian verstand nur Bahnhof. »Hä, was ist denn jetzt wieder mit diesen Farben? Erst labert ihr im Wilden Westen nur in Sprichwörtern, und jetzt kommt ihr mit Farben an – könnt ihr nicht mal deutsch reden?«

»Guter Punkt, Adrian, bringen wir Farbe rein«, sagte Dustin lachend.

»Hä? Mann, wirklich, ich check es nicht.«

Sein Kumpel knuffte ihn in die Seite und zeigte nach oben. »Lass uns leiser reden«, flüsterte er, »die sollen das nicht mitbekommen. Ich erklär dir nachher alles.«

Zögerlich nickte Adrian. Es nervte ihn, dass er offenbar der Einzige war, der nichts von alledem verstand.

»Habt ihr neulich in Deutsch aufgepasst?«, fragte Nancy verschwörerisch in die Gruppe, und Adrian ertappte Luke und Neil dabei, wie sie sich fragend ansahen. Ha, er war doch nicht allein mit seiner Ahnungslosigkeit. »Oxymora, Leute!«, wisperte Nancy.

»Oxys? Klar kenn ich die«, gab Adrian verschmitzt

zu. Neil verdrehte die Augen. »Keine Macht den Drogen, Ad, komm schon.«

Noch immer hatte es in Adrians Kopf nicht klick gemacht, und er sah Nancy weiter fragend an. Schließlich war sie die Schlaue von ihnen.

»Ein Oxymoron ist eine Wortschöpfung, die zwei Begriffe widersprüchlich miteinander verknüpft«, erklärte sie.

»O Mann.« Jetzt auch das noch. Deutschunterricht. Schlimmer konnte es echt nicht mehr werden.

»Millennium-Bug«, verkündete Dustin, als wäre das die Lösung.

»Hä? Wie, Bug?«

»Na, ein totaler Crash«, erklärte Iris.

»Guter Punkt«, stimmte Dustin zu. »Ich weiß genau, wo wir hinmüssen.«

Iris nickte. »Kommt mit, Leute.«

Sie schlüpften durch das Loch, das Dustin mit dem Vorschlaghammer in die Wand geschlagen hatte.

»Krass, Bro, wusste gar nicht, dass du so was draufhast«, gab Luke anerkennend zu.

»Minecraft, Brudi. Ich hab dir doch gesagt, dass ich da was fürs Leben lerne«, scherzte Dustin.

»Auch, wie man mit einem Vorschlaghammer eine Explosion auslöst?« Iris deutete skeptisch auf die Öffnung, deren Ränder noch immer leicht rauchten.

Dustin grinste. »Hab eventuell ein paar Kabel erwischt … Ups?«

Wenige Minuten später fanden sie sich in den kalten, weißen Gängen wieder, die sie vor Beginn des Spiels durchquert hatten. Unsicher sah sich Adrian um. Was, wenn jetzt jemand der Mitarbeiter oder dieser komische Kai sie erwischte? Das wäre das Ende. Sie wären geliefert.

Vorsichtig bewegten sie sich voran, während Dustin seinen Plan erklärte: »Passt auf. Als ich nach dem Verhör durch die Gänge geschlichen bin, habe ich sie gefunden.«

»Wen?«, fragte Adrian.

»KIRA. Aber jetzt hör mir zu. Jeder Mensch baut sich selbst seine Welt mit seinen Regeln und Werten. Das muss nicht immer logisch sein. Denkt mal an die Verschwörungstheoretiker. KIRA macht das nicht anders, und diese Regeln können wir in ihrem Gehirn auswählen und ergänzen. So habe ich ihre alte Prämisse vom Experiment mit einer neuen ergänzt. Ich habe ihr gesagt, sie soll prüfen, was passieren muss, damit Menschen sich nicht gegenseitig umbringen, sondern friedlich zusammenleben. Und diese hat Iris, als sie Nancy dazu überredet hat, das Spiel durchzuhalten und nicht aufzugeben, ausgelöst. Als die beiden auf den Sieg und ihre Freiheit verzichtet haben, hat sie sich vollends aktiviert, und dadurch konnte KIRA auch keine Konsequenzen aus ihrem Handeln mehr ziehen. Nicht egoistisches Handeln, sondern altruistisches, also gemeinschaftliches Handeln, sorgt dafür, dass Gemeinschaften funktionieren. Aber das, was wir jetzt mit den Begriffen machen werden, wird so widersprüchlich, dass wir einen Kollaps erzeugen und KIRA überhitzt.«

»Kollaps erzeugen ... hm«, ging Adrian Dustins Worte in seinem Kopf noch mal durch und versuchte, sich so den Plan zu merken. Wenn er es richtig verstanden hatte, dann konnten sie in irgendeinem Gehirn von KIRA – was ja schon allein super weird klang, weil KIRA ja eigentlich eine Maschine war – bestimmte Sachen auswählen und überschreiben? Schien ganz schön eklig.

»Das Rechenzentrum ist da vorn. Es ist nicht mehr weit«, unterbrach Iris seine Gedanken.
Noch hat uns niemand entdeckt, läuft.
»Na, sieh mal einer an. So trifft man sich wieder.«
»Verdammt, hätte ich nur nicht daran gedacht«, fluchte Adrian.
Am anderen Ende des Flurs stand Kai mit hinter dem Rücken verschränkten Armen. »Ich muss sagen, Iris, diese Seite steht dir nicht besonders gut.«
»Fühlt sich aber tausendmal besser an.«
Die Gruppe blieb stehen, und Adrian musterte Kai von oben bis unten. Der Typ, von dem er anfangs bereits dachte, wie creepy und awkward er doch war, holte ein *iPad* hinter dem Rücken hervor. Links vor ihm war eine weiße Tür mit einem Schild an der Wand zu sehen, auf dem in dunkler Schrift *Rechenzentrum* stand.
Dort mussten sie rein.
Was, wenn sie ihn einfach überrannten?
Kai lächelte böse. »KIRA, aktiviere das Katastrophen-Protokoll.«
»Mach das nicht!«, flehte Iris ihn an.
Ungläubig sah Adrian zwischen den Erwachsenen hin und her, aber es war schon zu spät. Der Alarm ertönte, und der Gang zwischen Kai und ihnen war mit einem Mal durchzogen von unzähligen roten tanzenden Laserstrahlen.
»Was meint der damit?«, fragte Neil vorsichtig.
»Im Falle einer Katastrophe tut KIRA alles, um die KI und die Ergebnisse des Experiments zu schützen ... Die Tür dort vorne ist der einzige Weg ins Rechenzentrum. Ich habe keinen Zugriff mehr auf das System. Ich kann Kais Befehle nicht revidieren.«
»Revi- was?«, fragte Luke.

»Abstellen, ausmachen.«

»Ja, okay, aber …«, stammelte Adrian.

»Iris hat recht, das ist der einzige Weg ins Rechenzentrum. Aber du hast ihnen noch nicht alles erzählt, oder?« Triumphierend blickte Kai zu seiner ehemaligen Kollegin.

Sie nickte langsam und begann weiterzureden. »Das Protokoll ist für fünf Minuten geschrieben. Danach aktiviert KIRA den Clean-Modus.« Ihre Stimme war zittrig geworden. »Sämtliche Lebensformen in der direkten Umgebung werden eliminiert. Wir haben keine Chance.«

»Big 5 am Spieß«, stellte Luke nüchtern fest.

»Also, du meinst -«

»Wir werden gegrillt, Ad!«, unterbrach ihn Dustin.

»Shit«, hauchte Nancy. Hilflos sah sie ihn an, und Adrian wusste, dass er etwas tun musste. Aber was?

»Verdammt, es muss doch eine Lösung geben!«, flehte er Iris an, aber die hielt ihren Blick starr auf Kai gerichtet, der hinter den Laserstrahlen hämisch grinste.

Irgendwas? Es kann doch nicht sein, dass diese Strahlen uns hier austanzen. Das ist sonst immer mein Gebiet.

Für einen Moment beobachtete er die tanzenden Laser. Und dann kam Adrian die Idee.

»Das ist ein Muster!«, stieß er triumphierend aus.

»Ähm, Mausis, schon mal was vom King of Pop gehört?« Irritiert schaute Iris ihn an und öffnete den Mund, als wollte sie etwas sagen.

»Das ist jetzt nicht der passende Zeitpunkt, Adrian«, schnauzte ihn Neil an.

»Doch, doch, chill mal.« Adrian tätschelte seine Schulter. »Du sag mal, KIRA, hast du in deinem Protokoll auch Platz für'n bisschen Mucke? 80er wären nice!«

Den Blicken seiner Freunde nach zu urteilen, erklärten sie ihn gerade für komplett verrückt, aber das störte Adrian nicht. Das musste einfach klappen. Und tatsächlich tönte wenige Sekunden später Discomusik aus den Lautsprechern an der Decke.

Lol, KIRA hat einen guten Musikgeschmack. Adrian grinste und checkte die Schlaufe, die seinen gebrochenen Arm hielt.

Jetzt war sein Moment gekommen, um zu glänzen. Und so rannte Adrian los und sprang gekonnt mitten hinein in die tanzenden Laserstrahlen. Zu seiner eigenen Überraschung landete er genau dort, wo sich im Moment keiner befand, und so groovte er zum Beat und passte seine Bewegungen an die Strahlen an. *Jetzt nur nicht aus dem Takt kommen.* So wie in dem Video in der Schanze, das er am Tag nach dem G20-Gipfel-Auftakt ganz in der Früh aufgenommen hatte. Überall hatten brennende Mülleimer und Tonnen gestanden, und er hatte sich zwischen heruntergefallenen Ästen und Kartons seinen Weg hindurchgebahnt. Die Straßen hatten eher einem Kriegsgebiet als einer Partymeile geglichen, doch seine Follower hatten die Location gefeiert und unzählige Feuer-Emojis in die Kommentare geballert.

Der Beat hallte in Adrians Körper wider, und er tanzte weiter zur Musik, wand sich unter und über den Strahlen hindurch und schaffte es so, sich groovend durch die Laser zu bewegen, bis er tatsächlich das Rechenzentrum erreichte. Unversehrt.

Noch bevor Kai kapiert hatte, was gerade passiert war, hatte Adrian seinen Freunden auch schon einen verschmitzten Blick zugeworfen. Dann verschwand er durch die Tür.

KAPITEL 24

»Du hast es noch drauf.« Adrian klopfte sich anerkennend auf die Schulter. Das hatte er wirklich gut gemacht, und das, obwohl sein Arm gebrochen war. Wenigstens tat er mittlerweile nicht mehr so weh wie noch vor ein paar Stunden – könnte aber auch am Adrenalin liegen. Der Adrian von früher hätte sich diese geniale Choreo sofort in sein Notizbuch geschrieben, stundenlang an der Location, den Outfits und passenden Backgroundtänzern gefeilt, doch im Moment verspürte er diesen Drang nicht, und das machte ihn wirklich stolz.

Aber jetzt ging es um etwas Größeres, Wichtigeres. Seine Freunde waren in Gefahr, und er hatte die Chance, sie alle zu retten. Alles wiedergutzumachen und zu beweisen, dass er für ihre Freundschaft kämpfen würde. Sein Herz pochte ihm bis zum Hals, und seine Magengrube fühlte sich komisch an. Der Druck war enorm, aber er nahm sich vor, darüber nicht mehr länger nachzudenken. *Reiß dich zusammen, Ad.*

Verstohlen sah sich Adrian im Raum um. Er war karg, nur an der gegenüberliegenden Seite hing ein schwerer, grauer Vorhang. Energisch ging er darauf zu und zog ihn mit einem Ruck aus dem Weg.

»Krass. Das ist ja wie bei Navy CIS«, staunte Adrian, als einige riesige schwarze Serverschränke mit unzähligen Kabeln zum Vorschein kamen. Er folgte den blinkenden Lämpchen an den Schränken vorbei und erreichte den nächsten, angrenzenden Raum. Die kleinen Lichter, die wie Glühwürmchen an den Wänden tanzten, hatte Adrian erst gar nicht registriert, doch als er sie auch auf seinen Händen entdeckte und spürte, beschloss er, sie genauer anzusehen. Der Schwarm wurde immer dichter und führte Adrian direkt auf einen hellen, grellen Lichtball in der Mitte des Raumes zu.

»Das muss KIRA sein. Das Gehirn, von dem Dustin gesprochen hat«, stellte Adrian fest, während er weiter darauf zuging und vorsichtig seine Hand nach ihr ausstreckte.

»Au!« Als seine Finger den Ball berührten, traf ihn ein Stromschlag. Schnell schluckte er den Schmerz hinunter und beobachtete fasziniert, wie sich ein riesiges blau leuchtendes Hologramm mit Symbolen vor ihm im Raum ausbreitete.

»Digga, was ein Gehirn«, stellte Adrian verblüfft fest und musterte die leuchtenden Verzweigungen. »Hätte ich mal besser in Bio aufgepasst ... Egal, ran an den Speck.«

Vorsichtig schob er seine Hand zwischen die einzelnen Icons. Schließlich hatte Dustin irgendwas von wegen auswählen und ergänzen erzählt. Eine ganze Zeit lang suchte er sich durch die unzähligen Zeichen. Dabei erinnerten ihn die einzelnen Symbole an den Homescreen seines *iPhones*. Das Zahnrad für Einstellungen, *FaceTime*, ein Stift wie der von *Pages*, ein Gesicht von Kai und eins von Iris. Nur war ihres dick und fett rot durchgestrichen. Dann endlich schien er gefunden zu haben, wonach er gesucht hatte. Er tippte auf das Symbol, welches wie eine Sprechblase mit Punkten darin aussah, und sofort öffneten sich auf den Monitoren neben dem Hologramm einige Tabs.

»Okay, nice, das wäre schon mal geschafft«, motivierte Adrian sich selbst und suchte unter dem Tisch nach einer Tastatur. Gerade wollte er fluchen und sich beschweren, als vor ihm auf der Tischplatte einige Buchstaben rot aufleuchteten.

»Saucool«, kommentierte er die Technik. »Okay, Adrian, jetzt streng dich mal an, ja. Ist wichtig jetzt! Also los! Oxymoron, Oxymoron. O Mann, Adrian, denk nach. Denk, denk, denk. So schwer kann das doch nicht sein.«

NOCH DREI MINUTEN BIS ZUM CLEAN-MODUS.

»Oh, oh, jetzt wird's echt eng ... Oxymoron, was war das noch gleich?«

Adrian erinnerte sich an Nancys Worte. Sie hatte gesagt, dass ein Oxymoron etwas sei, das zwei widersprüchliche Begriffe miteinander verknüpfte. »Widersprüche? Also Gegenteile? Okay ... Lass mal schnell nachdenken ... Ah, ja, voll logisch! Wieso bin ich da nicht schon früher draufgekommen, easy, Hass und Liebe.« Adrian hielt kurz inne. Das war es! »Zwischen Luke und mir herrscht eine Hassliebe! Bäm!«

Hastig tippte er seinen Satz in das System, betätigte die Enter-Taste und blickte auf das strahlende Gehirn. Sofort ploppten auf den Monitoren einige Fenster auf, und das System begann zu rechnen.

DIE VARIABLE WURDE ERGÄNZT.

Adrian hüpfte jubelnd durch den Raum. »Okay, warte, warte, jetzt nicht ausflippen. Erst die Aufgabe zu Ende bringen. Nächster Step, KIRA fragen. Okay, los. Du, KIRA, sag mal, lieben oder hassen Luke und ich uns?«

ICH BERECHNE ...

Adrian haute in die Tasten und lief zur Höchstform auf. Wenn das nur sein Deutschlehrer sehen könnte, der würde die Vier von der letzten Klausur sicher noch mal überdenken. Er tippte »Adrian ist dummschlau« in das System ein, drückte aber noch nicht auf Eingabe. Erst wollte er KIRA ein bisschen provozieren.

»KIRA, sag mal, wer von uns beiden ist eigentlich schlauer?«

DEIN IQ LIEGT UNTERHALB DES GRUPPENDURCHSCHNITTS. ES GIBT KEIN LEBEWESEN MIT EINEM HÖHEREN IQ ALS MICH.«

Das hatte gesessen. Er warf einen Blick auf die Überhitzungsanzeige in der rechten oberen Ecke des Monitors. Sie färbte sich dunkelrot ein. Das war ein gutes Zeichen, zumindest redete er sich das ein.

»Okay, du heißes Stück, wenn du das sagst.« Er drückte die Entertaste.

VARIABLE WURDE ERGÄNZT.

Die Lichter um ihn herum hatten begonnen, ihre Farbe zu ändern, und blitzten nun nicht mehr hellblau auf, sondern leuchteten in einem kräftigen Rot. Adrian machte unbeirrt weiter. Er tippte und tippte und tippte. Nach und nach sammelte er immer mehr Begriffe und pflegte sie in KIRAs Enzyklopädie ein.

»Also, eine letzte Frage hätte ich da noch, KIRA. Wie kann es sein, dass jemand, der dümmer ist als du, dich zum Überhitzen bringt? Berechne doch mal, ob ich dann schlauer oder dümmer bin als du.« Kess blickte er das rot leuchtende Gehirn an.

ANTWORT WIRD BERECHNET.

ANTWORT WIRD BERECHNET.

ANTWORT WIRD BERECHNET.

Die Überhitzungsanzeige näherte sich 97 Prozent, was Adrian richtig feierte. *Nicht mehr lange, Baby, nicht mehr lange.*

Er war gerade dabei, einen weiteren Begriff einzutippen, als ein Schuss durch den Raum hallte. Entsetzt sah Adrian von der Tastatur auf. Vor ihm, nur wenige Meter von ihm entfernt, stand Kai. Die Kugel hatte Adrian nur knapp verfehlt und stattdessen die Wand hinter ihm getroffen.

»Hör auf zu tippen. Dann kannst du gehen«, wies ihn Kai bedrohlich an. In seiner Stimme glaubte Adrian, Verzweiflung zu hören. Aber was hatte er mit seinen Freunden gemacht? Waren sie in Sicherheit? Oder hatte er ihnen etwas angetan?

Langsam hob Adrian seinen gesunden Arm. Misstrauisch musterte er Kai, der nun nicht mehr so tough aussah wie gerade eben.

Adrian starrte auf die Waffe. Geladen war sie offenbar. Kais Hände zitterten gefährlich.

Hier herrscht eine aggressive Freundlichkeit, schoss es

Adrian durch den Kopf. Das war seine Chance, das war die letzte Variable, die das Zünglein an der Waage sein würde. Ein Blick auf die Überhitzungsanzeige des Systems verriet ihm, dass sie den gefährlichen Bereich bei 98 Prozent erreicht hatte. Im Hintergrund hörte Adrian KIRA immer und immer wieder die gleichen drei Worte aufsagen.

ANTWORT WIRD BERECHNET.

Jetzt oder nie.

Adrian setzte alles auf eine Karte. Er traute Kai zu, ihn wirklich zu erschießen, aber es ging hier um seine Freunde. Um deren Leben. Hastig wandte er sich ab und tippte den letzten Oxymoron-Satz in das System ein. Kai rannte zu ihm und positionierte die Waffe direkt an seinem Hinterkopf.

»Letzte Warnung. Brich die Prozesse ab und hör auf zu tippen.«

Adrian standen die Schweißperlen auf der Stirn. Er hatte es fast geschafft. Nur noch die Entertaste, und KIRA würde vollkommen zusammenbrechen.

Der kühle, kalte Lauf schmerzte an seinem Hinterkopf, und er dachte an Nancy und Neil, an Dustin und Luke. Ja, und sogar an Iris, weil sie alle auf ihn zählten. Das war seine Chance, sich zu beweisen und kein Feigling mehr zu sein.

Wenn er es nicht tat, wäre alles umsonst gewesen.

Seine Finger schwebten immer noch über der Tastatur. Er atmete kurz durch. Dann bestätigte er entschlossen die Eingabe.

VARIABLE WURDE ERGÄNZT.

Kai schnaubte und zog ihm mit einem Ruck die Waffe über den Kopf. Adrian ging zu Boden, und seine Sicht verschwamm. Nur schemenhaft konnte er erkennen, wie Kai verzweifelt versuchte, seine Begriffe aus KIRAs System zu löschen. Doch vergeblich. Immer wieder schrie er die KI an, sie solle die Prozesse abbrechen, aber die hatte ihre klaren Anweisungen und folgte strikt ihrem Programm.

ANTWORT WIRD BERECHNET.

DIE BEFEHLE *BERECHNEN* UND *ABBRECHEN* SCHLIESSEN SICH AUS.

NOCH EINE MINUTE BIS ZUM CLEAN-MODUS.

Langsam sah Adrian wieder klarer, und er spürte den kalten Boden unter sich. Sein Kopf brummte, und er tastete vorsichtig seinen Hinterkopf ab, um zu prüfen, ob er blutete, doch alles schien in Ordnung zu sein. KIRAs Überhitzungsanzeige jedoch war bei 100 Prozent. Er musste hier raus, bevor es zu spät war.

Noch immer auf dem Boden kauernd sah er sich nach dem Ausgang um. Er würde es nicht unbemerkt hinausschaffen, aber er war schneller als Kai. Hoffentlich hatten es Nancy und die anderen schon geschafft ...

Okay, Adrian, noch einmal durchziehen jetzt.

Mit einem Satz sprang er auf, raste an den Servern vorbei und durch den Vorhang. Kai brüllte etwas und nahm fluchend die Verfolgung auf. Adrian schaffte es durch die Tür, die er hastig Kai vor der Nase zuschlug. Dann sah er sich hilfesuchend um. Die Laserstrahlen waren verschwunden. Nice. Planlos rannte er in die entgegengesetzte Richtung als die, aus der sie vorhin gekommen waren.

Währenddessen zählte der Countdown unaufhaltsam herunter. Wo waren seine Freunde? Bevor er weiter darüber nachdenken konnte, bog er um die Ecke und knallte mit voller Wucht gegen Dustin.

Sein Arm knackte, er verlor das Gleichgewicht und schrie auf vor Schmerz. Aber sie hatten keine Zeit dafür. Mit einem Ruck wurde Adrian von Luke und Iris auf die Beine gezerrt und weitergeschubst. Sie alle liefen die Gänge entlang, wobei die Wissenschaftlerin sie in die richtige Richtung dirigierte. »Nur noch zweimal abbiegen«, verkündete sie.

Verzweifelt versuchte Adrian, das Pochen in seinem Arm zu ignorieren, und folgte Luke, der als Erster die nächste Flurgabelung erreichte. »Wohin jetzt?«

»Nach rechts. Siehst du das Notausgangsschild?«

Plötzlich ließ ein Ruf sie innehalten.

»Iris!«

Abrupt drehten sie sich um. Hinter ihnen, am anderen Ende des Gangs, stand Kai. Er hatte die Waffe gezogen und auf sie gerichtet.

Für einen Augenblick stockte Adrians Puls. Das durfte nicht wahr sein. Sie hatten es fast geschafft. Ihnen blieben nur noch wenige Sekunden, bevor der ganze Bunker hier in die Luft fliegen würde. Und jetzt wollte der Typ sie erschießen? Nein! Das durfte einfach nicht sein.

Adrian spürte, wie Nancy sich an ihn klammerte. Genau in diesem Moment hörte er den Knall und sah ein grelles Licht.

Hatte Kai geschossen? Oder war KIRA tatsächlich explodiert?

Geistesgegenwärtig schubste Luke ihn und Nancy vorwärts, während Dustin Iris mit sich zog. Die Druckwelle der Explosion traf sie mit voller Wucht, ließ sie meterweit durch die Luft fliegen. Hart schlug Adrian auf dem Boden auf, und vor seinen Augen wurde es schwarz.

KAPITEL 25

Langsam öffnete Adrian die Augen. Noch immer klang die Explosion piepsend in seinen Ohren nach, und er sah und roch den Rauch. Hustend versuchte er, sich aufzurichten. Sein Arm schmerzte, und überall an ihm hafteten Glassplitter.

»Kommt jetzt«, rief Iris ihnen keuchend zu. Sie zeigte in eine Richtung und bemühte sich, Dustin auf die Beine zu ziehen. Luke hievte Neil nach oben und stützte ihn.

War Adrian so lange weggetreten gewesen? Wo war Nancy? Ging es ihr gut?

Unbeholfen klopfte er sich den Staub von den Schultern. Iris, die seinen suchenden Blick bemerkte, deutete auf Nancy, die noch immer reglos am Boden lag.

Die Wissenschaftlerin hatte recht: Sie mussten hier raus, und zwar schnell. Er packte Nancy und zog sie mit seinem gesunden Arm zurück auf die Füße.

»Alles wird gut, vertrau mir«, redete er auf sie ein und legte ihren Arm um seine Schultern.

»Was ist passiert?«

Gemeinsam schleppten sie sich die letzten Meter bis zum Notausgang. Luke trat mit dem Fuß gegen die Tür, und sie flog auf. Sofort wurden sie vom grellen Licht des Tages geblendet. Frische Luft strömte in ihre Lungen, und Adrian nahm ein paar tiefe Atemzüge. Langsam traten die Freunde auf die Straße hinaus.

Er konnte es kaum glauben. Sie waren zurück.

Sie waren wirklich zurück.

Erleichtert sah er die Menschen, die einfach nur normal an der Haltestelle gegenüber auf den Bus warteten oder hektisch telefonierend an ihnen vorbeiliefen.

Hatte keiner die Explosion gehört? Wieso rief niemand die Feuerwehr oder einen Notarzt?

Nicht ein einziger Passant schien sich für die auffällige Gruppe, denen Staub und Blut an der Kleidung haftete, zu interessieren. Seltsam.

Adrian drehte sich um, doch die Tür, aus der sie eben gekommen waren, war hinter ihnen ins Schloss gefallen. Das Gebäude war vollkommen intakt. Kein Feuer, kein Qualm, der aus den Fenstern trat. *Creepy.*

»Juhu!«, jubelte Nancy und griff nach Adrians Hand. »Wir haben es geschafft!«

Dustin und Neil lagen sich in den Armen.

»Na, Ad, Lust, live zu gehen?«, scherzte Luke, und Adrian musste schmunzeln. Freundschaftlich boxte er ihm mit der Faust in den Magen.

»Das hättest du jetzt wohl gerne, was?«

Wenn er eines von diesem Höllentrip gelernt hatte, dann dass Social Media nun wirklich nicht das Wichtigste in seinem Leben war.

Sie hatten es geschafft. Sie alle gemeinsam.

»Also, ich weiß ja nicht, was ihr jetzt macht, aber ich geh erst mal ins Krankenhaus«, stammelte Dustin und hielt sich schmerzerfüllt die Schulter.

Zustimmend nickte Adrian. »Krankenhaus klingt nach einer super Idee. Wobei ich vielleicht doch erst lieber nach Hause geh. Meine Mum macht sich bestimmt unfassbare Sorgen.« Sofort griff er in seine Hosentasche, doch dann fiel ihm ein, dass sein Handy ja noch immer im Gebäude war. »Shit.«

»Wir rufen sie vom Krankenhaus aus an, okay?«, schlug Nancy vor. Offenbar hatte sie seine Gedanken gelesen, und er nickte dankbar.

Luke stützte Neil, der von der Unterkühlung noch immer ganz blaue Lippen hatte. Lächelnd legte Adrian einen Arm um Nancys Schulter, bevor sie losliefen.

Auch wenn sie nicht mehr zusammen waren, hatte er immer noch echte Gefühle für sie und wollte für sie da sein. Jetzt wirklich. Ohne Ablenkung oder lächerliche Tanzvideos. Alles, was für ihn wichtig war, hatte er gerade bei sich. Seine Freunde. Er drehte sich noch einmal um und zwinkerte Iris kurz zu. Sie nickte zum Abschied.

»Was ein Tag. Glaubt ihr, die Typen im Krankenhaus bekommen den Arm wieder so hin, wie er war?«

»Bestimmt, Ad. So heiß, wie dein Original-Arm war«, amüsierte sich Dustin, und Adrian lachte mit.

Witze auf seine Kosten waren okay für ihn. Schließlich war er unheimlich dankbar für seine Freunde und für das, was er gelernt hatte. Sie hatten bewiesen, dass sie sich wirklich aufeinander verlassen konnten und dass ihre Verbindung trotz Streitigkeiten selbst die schrecklichsten Hindernisse überdauerte. Adrian war stolz auf jeden Einzelnen. Und auch wenn dieses Spiel abartig und menschenverachtend gewesen war, hatte es sie doch alle wieder näher zueinander gebracht.

Plötzlich spürte Adrian, wie Nancy sich aus seiner Umarmung löste und sich zu Iris umdrehte. Sie lief die paar Meter zu ihr zurück und fiel ihr in die Arme.

»Was hast du jetzt vor? Jetzt, wo dein Job ja sozusagen in Flammen aufgegangen ist«, wollte sie wissen.

»Ich habe absolut keinen Plan, meine Liebe. Das

Schicksal wird mir meinen Weg schon zeigen. Mach dir keine Sorgen. Wir sehen uns wieder.«

Die beiden verabschiedeten sich voneinander, und Adrian sah Iris noch kurz hinterher, während sie hinter einer Häuserecke verschwand.

Nancy kam zurückgelaufen, und sie nahmen sie in ihre Mitte. Adrian hatte verstanden, dass es in einer Freundschaft nicht darum ging, sich gegenseitig zu übertrumpfen oder immer der Beste von allen zu sein. Es ging darum, füreinander da zu sein, sich für die Sorgen und Ängste der anderen zu interessieren und so gemeinsam am echten Leben teilzunehmen. Das virtuelle Leben auf Social Media war doch eh nur fake und eine einzige große Lüge. Likes und Follower konnten einem nicht das geben, was einem echte Freunde gaben.

Adrian lächelte und schwor sich, nie mehr zuzulassen, dass eine Maschine sich zwischen ihn und seine Freunde stellte. Nie wieder.

»Oh, warte!«, rief er und griff hastig nach dem Tagebuch, das er noch immer bei sich trug.

»Was ist das für ein Buch, Adrian?«, fragte Nancy.

»Das ist das Logbuch beziehungsweise eher so was wie ein Tagebuch von Iris. Das wollte ich ihr noch geben, aber jetzt ...« Er lief ein paar Meter zurück und suchte nach der Forscherin, doch sie war wie vom Erdboden verschluckt. »Sie ist weg.«

»Hm, beim nächsten Mal gibst du es ihr einfach wieder.«

»Beim nächsten Mal?«, scherzte Adrian. »Na, hoffentlich meinst du das nicht ernst.«

KAPITEL 26

Nur wenige Stunden später saß Adrian auf seinem Bett. Sein Zimmer war genauso unordentlich, wie er es verlassen hatte. Der Klamottenberg lag noch immer am Fußende seines Betts, und sein Laptop stand aufgeklappt auf dem Schreibtisch. Der bunte Bildschirmschoner tanzte über den Screen, doch Adrian ignorierte ihn und las die Nachricht, die Nancy ihm auf seinen Gips geschrieben hatte, wie man es in der Grundschule getan hatte.

»Big 5 – Family First«, stand dort, und sie hatte sogar ein kleines rotes Herzchen dazugemalt.

Süß. Nancy war einfach toll, das war ihm klar geworden. Klarer als je zuvor.

Mit dem Taxi war er vom Krankenhaus in Eppendorf nach Hause gefahren. Die Wohnung war leer gewesen. Von seiner Mutter fehlte jede Spur, und auch vom Münztelefon in der Notaufnahme aus hatte er sie nicht erreichen können. Vielleicht hatte sie gar nicht bemerkt, dass er so lange weg gewesen war, und war selbst noch was mit ihren Freundinnen trinken gegangen? Das machte sie öfter mal.

Adrian stand vom Bett auf und ging in die Küche. Der Kühlschrank war bis oben hin vollgestopft, und zu seiner Freude hatte seine Mum endlich mal wieder seinen Lieblingsenergydrink gekauft. Normalerweise war sie strikt gegen so etwas. »Hirnverblödungstrunk« hatte sie es einmal genannt ... Mit den Worten seiner

Mutter im Ohr stellte er den Drink ungeöffnet zurück in das Seitenfach des Kühlschranks und griff stattdessen nach der Glasflasche mit dem Orangensaft, den sie jeden Morgen frisch presste. Er schenkte sich ein Glas ein, lief durch den dunklen Flur zurück in sein Zimmer und ließ sich auf sein Bett fallen.

»Was ein Trip«, seufzte Adrian und starrte an die Decke zu den Fotos von sich und seinen Freunden hinauf. Anders als vor einem Tag betrachtete er jedes einzelne nicht flüchtig, sondern ganz genau und versuchte, sich alles einzuprägen. Adrian schmunzelte. Noch vor 24 Stunden hätte er sofort sein Handy gezückt und angefangen, *Majaofficial* oder andere *Yuma*-User zu stalken. Doch jetzt genoss er es, einfach nur hier zu sitzen und die Bilder zu betrachten. In ihm stieg der Drang auf, nach seinem Tagebuch zu greifen und alles, was sie erlebt hatten, festzuhalten. Schnell griff er unter sein Bett, hob den Deckel des orangefarbenen Schuhkartons an, in dem er es immer versteckte, und zog das Buch hervor. Dann griff er nach einem Stift auf seinem Nachttisch und begann zu schreiben.

28. September 2021

Okay, das, was ich jetzt aufschreiben werde, glaubt mir sowieso niemand. Aber es ist mir wichtig, alles festzuhalten. Gestern Morgen habe ich mir noch Gedanken darüber gemacht, wie mein Feed aussieht oder welchen Content ich meinen Followern als Nächstes präsentieren soll. Und heute, keine 24 Stunden später, bin ich einfach nur glücklich zu wissen, worum es im Leben wirklich geht.

Das 24-Stunden-Spiel hat mich nicht nur gelehrt, mehr Verantwortung zu übernehmen und mich auf die wesentlichen Dinge zu konzentrieren, es hat mich auch meinen besten Freunden nähergebracht. Jetzt will ich wieder mehr für sie da sein. Für Nancy, um ihr zu helfen, den Tod ihrer Mum zu verarbeiten, für Luke, den ich besser kennenlernen will. Ich will Neil und seine Träume ernst nehmen und ihn darin unterstützen, und auch Dustin will ich wieder mehr Zeit und Aufmerksamkeit schenken. Wer hätte gedacht, dass es erst so einen Höllentrip braucht, damit ich kapier, dass Social Media nicht das Wichtigste im Leben ist. Irgendwie bin ich dankbar für das, was war, und sogar für Iris. Auch wenn sie es uns wirklich nicht einfach gemacht hat …

Eine Push-Benachrichtigung auf seinem Laptop ließ Adrian von seinem Tagebuch aufblicken. Ungläubig starrte er auf den Bildschirm. »Das ist jetzt nicht wahr, oder?«, staunte er und las die Nachricht erneut.

**HEY, ADRIAN,
DEIN CONTENT WAR GANZ SCHÖN KRASS!
DEINE FOLLOWER-ZAHL HAT SICH
VERDOPPELT.
KLICKE <u>HIER</u>, UND DU KOMMST DIREKT
ZU DEINEN INSIGHTS DER LETZTEN 24
STUNDEN.**

CHECK DAS SCHNELL MAL AB!

EPILOG

28. September 2021

Heute ist die letzte Chance. Heute kommen sie alle. Die Investoren, die Kritiker, die Professoren, die mir das Stipendium verliehen haben. Heute muss ich sie überzeugen. Es geht um alles.

Ich habe Kai gesagt, er soll die erste Probandengruppe heute ohne mich leiten und mich nur stören, wenn es aussagekräftige Ergebnisse gibt oder etwas Unvorhergesehenes passiert.

Die heutigen fünf Teilnehmenden habe ich mir genau angesehen. Vier Jungen und ein Mädchen. Einer von ihnen hat auf unsere geschaltete Anzeige reagiert. Wahnsinn, wie schnell Leute doch zu begeistern sind, wenn Geld im Spiel ist …

Irgendwie habe ich ein gutes Gefühl bei dieser Gruppe. Wir alle folgen einem grundlegenden, biologischen Imperativ, Kontakt mit Menschen zu suchen, die die gleichen Werte teilen. Social Media gab uns daher eine ganz neue Perspektive.

Was passiert also, wenn man genau diese Werte infrage stellt?

Wir stehen kurz davor, die Welt für immer zu verändern. Seit Monaten sind wir auf der Suche nach passenden Probanden, um zu zeigen, was KIRA wirklich kann. Durch die Sammlung personenbezogener Daten kann unsere KI nicht nur Gefühle analysieren, sondern auch ihr Verhalten verändern und Gedanken implementieren. Und heute geht es darum, diese Jugendlichen zu testen und herauszufinden, wozu sie fähig sind.

Ich persönlich frage mich schon länger, was genau an den sozialen Medien so faszinierend für sie ist. Ist es der Ruhm? Die Anerkennung und der ihnen sichere Neid? Oder sind die meisten Influencer nicht doch von Unsicherheit geprägt und handeln aus mangelndem Selbstbewusstsein heraus?

Nutzen sie das Internet, um sich hinter ihrer perfekten Welt zu verstecken, oder glauben sie, dass dieser Raum die echte, reale Welt für sie ist?

ÜBER DIE AUTORIN

Raffaela Kraus ist Schauspielerin und Drehbuchautorin. Als Autorin legt sie großen Wert auf charakterstarke, emotionale Figuren mit mitreißenden Konflikten. Als Schauspielerin weiß sie, welches Handwerk benötigt wird, um Figuren authentisch und echt verkörpern zu können. Schon während ihres Studiums spielte sie unter anderem am Deutschen Schauspielhaus Hamburg und brillierte national als Luise Miller in Schillers »Kabale und Liebe«.

IN »THE SOCIAL EXPERIMENT« ÜBERNIMMT SIE DIE ROLLE DER ANTAGONISTIN IRIS.